EN BUSCA DEL TESORO DEL AMOR

KATHY STROBOS

Editoria: Strawbundle Publishing
New York, New York

A mis lectoras

OTROS LIBROS DE KATHY STROBOS

New York Friendship Series
EN BUSCA DEL TESORO DEL AMOR
PARTNER PURSUIT
IS THIS FOR REAL?
CAPER CRUSH

New York Spark Series
MY BOOK BOYFRIEND
LOVE IS AN ART

1

Drew: *Lo siento, pero esto no está funcionando.*
Yo: *Me mandaste esto por error. ¿Tu portátil ha vuelto
a averiarse?*

Aparece una burbuja. Desaparece. Sin respuesta.
Seguramente le ha llamado el hombre de la TI. Nunca he conocido a nadie a quien cuyo ordenador falle tanto como el de Drew.

Yo*: Lamento haberme perdido tu evento de trabajo
anoche, pero he terminado mi cuadro. Veamos esa nueva comedia romántica este sábado. Me toca elegir la
película.*

Así es como Drew, mi novio durante un año, rompió conmigo. Me llevó un rato averiguar eso porque nunca hubo una respuesta a mi texto. Me hizo "ghosting."

Tres semanas más tarde

El Museo de Arte Moderno está iluminado, las banderolas de la exhibición ondeándose levemente en la brisa nocturna mientras espero disfrazada a mis amigos. Una banderola ondeante anuncia el Evento de Mascarada *Ven disfrazados como obra de arte* y Búsqueda del Tesoro del MOMA . El premio por ganar la búsqueda del tesoro es un grabado de Kimimoto. Si yo pudiera invitar a un sólo artista vivo para cenar, sería Kimimoto. Es un artista japonés conocido por sus cuadros emocionalmente fuertes coloristas.

La oportunidad de ganar un Kimimoto logró sacarme de mi deseo de regodearme en mi autocompasión, de cómo-no-me-que-Drew-me-estaba-abandonando. No era como que no me habían abandonado o rechazado antes. Drew era solo mi segundo novio serio. Pero yo no había sido víctima de ghosting antes, y por una persona que pensé que me quería, alguien que conocía mis fortalezas, manías e inseguridades. Alguien que sabía que me gustaba dialogar para aclarar las cosas.

Me alisé el pelo artificial de mi disfraz Meret Oppenheim de una taza de té. La taza es estrecha para permitir movimientos de los brazos. El borde de la taza me llega a los hombros como una manifestación física de un cuello de barco. Mi camisa marrón debajo representa el té.

Esta noche es Día Uno de *Salir afuera a conquistar*.

El aire es cálido para ser octubre en Nueva York. Una brisa lleva un poco de humedad del recién guacero. Taxis amarillos, berlinas negras y otros coches dejan los invitados disfrazados para la fiesta delante de las puertas giratorias de cristal del MoMA.

No puedo evitarlo. Vuelvo a leer el correo electrónico que me ha mandado Jade, por error (o no):

Para: Jade
De: R.Atkinson@whitegilman.com
Esto parece como que alguien vomitó encima de un lienzo. Necesito algo alegre. Algo que dé chispa. Algo que los asociados cansados al pasar vean de refilón y les provoque un arranque de energía. *No esto.* Esto da la sensación de ira y dolor. Yo podría reunir unos asociados y hacer que lanzasen pintura a un lienzo y conseguir el mismo efecto. Y conseguiría puntos extra por organizar un evento de creación de equipo.
-R. Atkinson, Esq.

La crítica ni siquiera es original. Si cincuenta desconocidos se reuniesen en una salón, seguramente diez dirían que mi cuadro parece vómito. Digo yo chasqueando la lengua. Quizás el Sr. R. Atkinson Esq. *debería* celebrar ese evento de creación de relación y ver si consigue ese *mismo* efecto.

Es ira y dolor lo que estoy expresando allí.

¿Cómo se atreve Drew a romper conmigo por mensaje de texto?

Esa única frase del correo mostraba que mi cuadro tenía poder y que él lo percibió. La temática no era lo que él quería. Tenía que haberlo dejado ahí. Te puedo dar un poco de mierda de alegría pop.

No de manera inmediata.

No ahora mismo.

No lo estoy sintiendo del todo, pero estoy segura de que superaré a Drew pronto. Si pudiera entender por qué rompió conmigo. Y, cómo es que no me di cuenta. El texto antes del "texto de romper", era "Te quiero, y tus pastelillos fantasma." Ese era Drew. No podía decir de manera directa, "te quiero," tenía que hacer una broma. Pero de todas formas sí que dijo *Te quiero.*

Hasta que mandó el texto que decía, "Esto no está funcionando."

"¡Kiara Jackowski!" Alguien me nombra. Dos mujeres me saludan desde el fondo de la calle. Audrey Williamson y Winnie Chu. Audrey lleva un cuadro sandwich Rothko. Pero Winnie lleva pantalones negros con agujeros quemados y envoltorios de petardos pegados. Nos alabamos nuestros disfraces y Winnie explica que el suyo está inspirado en el cuadro de Huang Yong Ping *Pantalón con petardos.*

"Sí que hueles un poco a humo," le dice Audrey a Winnie.

"Quemé los agujeros del pantalón mientras estaba en la bañera con el teléfono ducha preparado," dice Winnie.

Nos quedamos a un lado en la calle. Gente disfrazada va llegando, se encuentran unos con otros y entran. Alguien pasa como un recortable de Matisse con recortes de papel kraft pegados a su camisa.

"Me alegro de que vinieras, aunque recibieras ese correo electrónico acerca de tu cuadro," dice Audrey.

"No podía pasar por alto la oportunidad de ganar un Kimimoto," digo yo. "Y me daba miedo de quedarme en casa y obsesionarme con ese correo y preocuparme por haber perdido mis capacidades artísticas." Como llevo haciendo esta semana pasada.

Audrey sube mi texto de la foto de mi cuadro más reciente. "Tu cuadro no lo ha perdido todo. Siento tanta emoción visceral, de esto, de dolor y confusión. Se comunica en la profundidad y las capas y los colores. Es consistente con la crítica de tu última exposición alabando tu tri-dimensionalidad."

"Deberíamos planear alguna clase de malvada venganza contra él," dice Winnie.

"Podríamos lanzarle pintura, un cuadro de acción de asociados, como dice en su correo electrónico," dice Audrey.

"Pero tiene razón. No es alegre." Y eso es el problema.

No es consistente con la alegría con la que se me conoce.

Audrey y Winnie me miran y sus expresiones reconocen que no lo es. Audrey hace un ademán con la mano y Winnie mira hacia abajo.

Yo cambio de tema. "¿Habéis recibido miradas raras al salir de vuestro despacho de abogados?"

"Yo me fui a casa primero. Aunque quizás lo que debería haber hecho es usarlo como disfraz para una salida temprana." Audrey se mete en su cuadro de manera que no se le puede ver la cara. "Dejar que los otros abogados se preocupen de que han pasado demasiado tiempo desvelados después de unas cuantas jornadas laborales extra hasta el amanecer y ahora están viendo el arte moviéndose por todas partes."

Un grupo de personas pasan por delante de nosotras vestidas con leotardos azules como si fuesen las *Desnudas Azules* de Matisse. "Eso es genial," dice Audrey. "Mi disfraz es realmente simple."

Otra persona pasa con unos platos de papel pegados a su camisa como un Julian Schnabel.

"¿Entramos?" pregunta Audrey. "Estaba preocupada por si no venías. De que dijeras que querías quedarte en casa para seguir pintando de cara a tu próxima exhibición. ¿Tienes ya suficientes obras nuevas?"

"Necesitaba un descanso." Se necesita algo para cambiar mi estado emocional actual.

Entrar en el edificio es lento a causa del espacio necesario para los disfraces. El platillo de mi taza de té es particularmente ancho. Podría haberlo hecho más pequeño pero el platillo en *Objeto* es bastante ancho.

Entramos en el atrio amplio del MoMA enseñando nuestras entradas.

"Espero que podamos ganarte el Kimimoto," dice Audrey. "El arte no es mi especialidad. Aunque sí que me gustan las búsquedas de tesoros."

Gente disfrazada saluda excitada a amigos en el atrio de entrada del MoMA. A nuestro lado hay tres personas disfrazadas como lirios de agua de Monet, sus pétalos blancos ondeando, gorros amarillos de flores en las cabezas.

"Guau." Me acerco a la pared para estudiar los dos Kimimotos enmarcados que son el premio. El grabado me da la sensación de estar en boyante caos en una fiesta de niños. La tensión en mis hombros se afloja y sonrío. Mi consejero de tesis de arte dijo una vez que yo uso el color y la emoción de manera similar a Kimimoto y que mis cuadros dan esa misma sensación de alegría. Soy propietaria de un pequeño grabado de Kimimoto, un regalo de graduación de mi familia. Cuelga enfrente de mi cama, de manera que es la primera cosa que veo por la mañana.

"Audaz. Me gustan los colores. El celeste, rosa, verde, amarillo y morado combinado," dice un tipo alto con una peluca blanca de juez.

Winnie lee las palabras pequeñas. "Pero dice que hay que ir en parejas."

"No pasa nada," dice Audrey. "Tú puedes ir con Kiara. Yo me quedo al margen. Iré por unas bebidas. ¿Qué quieres tomar, Kiara?"

Le doy a Audrey mi petición de un vino blanco y Winnie y Audrey se acercan a la barra.

Miro al tipo a mi lado, mordiéndome el labio. No quiero separar a Audrey y Winnie. Son mejores amigas. Es una pesadez ser soltera. Me gustaría cruzar unas palabras con quien fuera que instituyese el requisito de parejas. Seguramente alguien que siempre tiene una cita para San Valentín.

El tipo está vestido como en el autorretrato de Rembrandt 1659, una elección rara para el Museo de Arte Moderno. Pero él mismo es atractivo, incluso aunque lleve la peluca de pelo blanco y la gorra. Tiene una mandíbula fuerte y ojos azules. Unos hombros anchos llenan su chaqueta de terciopelo. Tiene un porte seguro, pero también comunica cierta distancia. Seguramente estará con alguien.

A mi otro lado hay una mujer de traje, no lleva disfraz.

Yo-Antes-de-Drew, elegiría sin duda al tío: nada arriesgado, nada ganado. La Yo-Post-Rompimiento-Con-Drew siente la tentación de preguntarle a la mujer.

"¿Te gustaría que hiciéramos la búsqueda del tesoro juntos?"

"¿Perdón?" Él da un paso hacia atrás.

Quizás no es una buena idea. Especialmente cuando una va vestida como una taza de té peluda. Repito mi pregunta.

Él ladea la cabeza y luego sonríe abiertamente, volviéndose más abordable. Sus ojos son una mezcla de azul, verde y gris y tienen arruguitas en las esquinas. "Vaya disfraz más impresionante. Vale. Déjame decírselo a mis amigos." Ladea la cabeza para indicar un grupo de personas descansando al lado de la barra. "Yo soy Rembrandt."

"Lo he adivinado."

"Conoces bien el arte."

"¿Y tú?" Le pregunto.

"Seguramente es una pregunta que deberías haber hecho antes de que nos hiciéramos pareja en la búsqueda del tesoro." Sonríe.

"Quizás, pero estoy bastante segura de que mis conocimientos de arte nos pueden ayudar." ¿Quién iba a saber que mis últimas semanas deambulando por el MoMA, buscando consuelo en las obras de arte, serían útiles?

Él alza una ceja. "Esperemos. ¿Cómo te llamas?"

"Kiara." Le señalo su disfraz. "Pareces tener cierto conocimiento de arte."

"Sería más valioso si esto se celebrara en el Met."

"Claramente." *Como si el disfraz de Rembrandt no le delatase.*

"Pero si le gano a mi hermano, eso sería genial porque le gusta alardear de su superioridad artística."

"¿Es artista?" Mierda. *¿Y si el concurso está plagado de artistas y amantes de Kimimoto?* "Estoy en esto para ganar. Kimimoto es uno de mis artistas favoritos desde siempre."

"Entonces, hagamos lo mejor que podamos. Mi hermano es escritor. Allí. ¿Le reconoces?"

"No," digo yo. "¿Debería hacerlo?"

"No necesariamente." Una leve sonrisa le hace curvar los labios.

Mientras se va dando zancadas para decirle a su hermano, yo me uno con Audrey y Winnie. "Voy a ser pareja con ese tío." Señalo a Rembrandt que se está uniendo a sus amigos. Hmm. También está con una pareja. Ha debido tener el mismo problema que yo.

"¿Le conoces?" Audrey me pasa mi bebida.

"No." Bebo mi vino a sorbitos.

"Es atractivo," dice Audrey.

"No le he elegido para una cita. Le elegí porque necesito una pareja." Y no estaba dejando que esa Yo-Post-Drew-Rompimiento ganara. "De todas formas, está vestido como un Rembrandt. Está claro que no es mi tipo."

"Hay que tener agallas para venir disfrazado de Rembrandt al Museo de Arte Moderno," dice Audrey. "Eso es anunciar descaradamente que no te gusta el arte moderno."

"Hmm, debería no haberle preguntado que sea mi pareja. Seguramente no sabe nada del arte de aquí." *Estoy segura de que sé lo suficiente. Mi licenciatura en arte debería bastar para una búsqueda del tesoro.* "Debería haber elegido a ese tío de allí disfrazado de váter."

"¿Quieres dejarme y encontrar a un tío?" Winnie le pregunta a Audrey. Winnie tiene un novio serio, pero Audrey está soltera.

"No." Audrey le coge del brazo a Winnie. "Tienes que aguantarte conmigo."

"Ese tío al lado de Rembrandt parece ese autor famoso, el que estaba en ese artículo del *New Yorker* del otro día." Winnie mira en su móvil. "He leído uno de sus libros. Estaba muy enfocado en las relaciones, un poco como un Nick Hornby americano."

"Él dijo que su hermano era escritor," digo. "Rembrandt no parece muy feliz hablando con él."

"No, no lo parece," dice Audrey.

Rembrandt se ha cruzado de brazos.

Winnie nos enseña la foto del autor famoso en su móvil.

Debería haberme emparejado con Winnie. ¿Cómo ha logrado encontrarle en menos de dos minutos?

Rembrandt alza la mirada, nos pilla mirándole. Ladea su gorra.

Una cuchara peluda se acerca a mí. "¡Mira! Eres mi taza de té. Yo soy tu cuchara. Estamos destinados a ser. ¿Quieres ser mi pareja?"

"Disfraz genial," le digo, "pero ya me he emparejado con ese tío Rembrandt allí."

"¿El tío alto con la peluca blanca? No, no puedes ser pareja de él. Venga, está escrito que tenemos que ser pareja. Estaba esperando encontrar a mi pareja del almuerzo aquí."

"Muy bueno." Un nombre común de mi obra de taza de té, es 'almuerzo en piel'. "Pero en serio, no puedo abandonar a mi pareja."

La cuchara baja la cabeza, hundiendo los hombros. Hace un mohín. "No has dicho *cita*. Si es solo un amigo, debería ceder para que estés con tu pareja del alma."

"Pareja del alma es un salto bien grande."

Él da un brinco. El grupo de personas cerca de nosotros nos mira con sorpresa.

"Estoy dispuesto a dar ese salto," dice él. "Los dos vamos vestidos de obra de arte de Meret Oppenheim. ¿Cuáles son las probabilidades de eso?"

"Mira, no estoy segura de que crea en parejas del alma," digo yo. *Especialmente después de Drew.* "Pero sí creo en cumplir con mis compromisos y no solo abandonando a alguien de manera precipitada porque aparece otra persona. Así que si me disculpas..."

"¿Pero me das tu número? O yo te doy el mío. Y si él no resulta, puedes llamarme."

"Vale. ¿Cómo te llamas?" Escribo su nombre y número en mi móvil.

Rembrandt se acerca. "¿Tomando teléfonos?"

"Por si tú no resultas," Dice el Tío Cuchara.

"Brillante," dice Rembrandt con cierta amargura.

El Tío Cuchara se aleja y se une a un grupo de amigos vestidos con disfraces de inspiración surrealista, incluido el váter. Ves. No es el destino. Solo una coincidencia y un gusto por el arte surrealista.

"Pensé que era la mejor manera de deshacerme de él," le digo.

"¿Dándole esperanzas y luego nunca llamarle?"

"Tienes razón. No es la mejor manera. Pero no es como que esto es una cita o nada, así que puede que le llame. Solo necesito una pareja para no ser una tercera en discordia solitaria. Y por lo visto tú necesitabas lo mismo."

"Exactamente." Rembrandt hace un gesto con la cabeza.

Menos mal que ahora está claro todo.

2

.

Rembrandt presta atención mientras la comisaria explica las reglas. Tiene los brazos cruzados de nuevo, pero ahora se inclina hacia delante y tiene la cabeza inclinada.

La comisaria, vestida en un disfraz de "chica de carrera en la gran ciudad" de Cindy Sherman, habla al micrófono. "Todas las parejas debéis tener ya vuestros sobres. Recordad, se os descalificará si os separáis. También, hemos apagado el acceso de Wi-Fi para este evento. No se os permite usar vuestros móviles para googlear las pistas. En cuanto averigüéis qué obra de arte es la respuesta a la pista, tenéis que visitar esa obra y contestar la pregunta del cuestionario o tomar una foto según las instrucciones. Tenemos nuestros espías. El primer equipo de vuelta aquí con la mayor cantidad de respuestas correctas gana. ¡Buena suerte! No podéis tocar las obras de arte."

La Marilyn Monroe de Warhol a nuestro lado le susurra emocionada a su pareja. Al otro lado de nosotros hay alguien con puntos por toda su camisa blanca. *Tu arte moderno genérico de puntos y manchas.*

El hermano de Rembrandt se acerca. "¡Que gane el mejor equipo!" y luego a un lado me dice: "Tienes tarea por delante. Las obras de arte no son su fuerte."

"Sé algunas cosas," dice malhumorado Rembrandt.

"Estoy segura de que lo haremos bien." Le doy una palmadita en la espalda a Rembrandt. "Es Rembrandt. Y ha hecho un esfuerzo más grande que tú por disfrazarse." El hermano de Rembrandt está vestido con una camiseta de Keith Haring.

"Sí que sabe de fotografía," dice su hermano.

"¡Una, dos, tres, ya!", anuncia la comisaria.

Abro el sobre de un tirón y extraigo la hoja. Enumera quince pistas. A nuestro alrededor ya hay equipos apresurándose.

"Leámoslo primero a ver si sabes alguna," dice Rembrandt.

Repaso la hoja. La primera pista es:

- Construcción A Través del Color. Un cuadro con una flor bola roja. ¿Cuál es el nombre del cuadro y el artista? Toma una foto con la obra.

"Construcción a través del color. Eso es Matisse," digo yo.

Rembrandt despliega un mapa del MoMA impreso. "La sala 506 es la Sala Henri Matisse. ¿Hay algún otro que esté en el quinto piso? Deberíamos empezar allí arriba. Puede que haya menos gente."

Mi platillo ancho de té no es lo más indicado para una búsqueda del tesoro.

Le muestro la hoja de las pistas para que pueda verla. Su cabeza se inclina cerca de la mía. Su peluca huele a polvo, pero luego gira la cabeza y nuestras miradas se Cruzan. Solo hay unos centímetros de separación entre nosotros. Tiene unos ojos deliciosos.

"¿Algún otro que reconozcas?", pregunta él. "¿Pasa algo?"

Estoy distraída por tus ojos. "Tu peluca huele un poco."

Sus ojos se agrandan y se la toca. "Me disculpo. Lo he tenido guardado es parte de un disfraz de juez."

"¿Eres abogado?"

"Sí. ¿Tú qué eres? ¿Profesora de arte?", pregunta él.

"No, adivina otra vez."

"Prestemos atención a ganar ahora," dice él. "Podemos charlar luego." *Si hace falta* es un añadido sin palabras a esa frase.

Pero tiene razón. Quiero ganar.

El Tío Cuchara me ve mirando y saluda con un brazo. Hace una pantomima de un salto.

Yo bajo la mirada y señalo otras tres pistas más.

- Almuerzo en Piel. ¿Cuál es el nombre real y de esta obra de arte y su artista? Toma una foto.

- Un artista influenciado por el arte gráfico japonés para crear atrevidos diseños geométricos. ¿Cuál es el número aproximado de frutas en el cuenco?

- *Pinos y Rocas.* Hazte una foto con el cuadro. ¿Cuándo adquirió esta obra el MoMA?

"Estos tres pueden estar todos en ese piso. La Sala Surrealista está en el quinto piso. Bonnard tuvo influencias del arte japonés y hay una Sala Bonnard. Y *Pinos y Rocas* es un Cézanne de finales de 1800 y está en ese piso."

"Sí que te sabes tus cosas. ¿Eres comisaria?"

Subimos por la escalera mecánica. Vamos detrás de una pareja vestida como esa pareja de granjeros que parecen deprimidos y reprimidos. *No es un buen augurio para su romance.* Pero yo soy la última que debería hablar.

Alguien pasa corriendo al lado de mi platillo, echándome encima de Rembrandt. Mientras él estira los brazos para impedir que yo me caiga, su mano toca mi codo. Hay una leve descarga eléctrica como la estática de un calcetín perdido saliendo del secador y encontrando su pareja.

"No, pero te estás calentando más," digo yo.

"Ciertamente." Rembrandt me sostiene.

Nuestras miradas se cruzan y vuelve esa chispa de electricidad de nuevo. Me suelta. Con la cabeza un poco ida, me agarro al lado metálico frío de la escalera mecánica. El Kimimoto es mi objetivo.

"Superemos a ese tío y a mi hermano." Sube deprisa por la escalera, y yo le sigo. El Cézanne está en la segunda galería, pero se ha congregado allí ya un gentío. Sugiero que lo rodeemos.

Vamos corriendo por las salas hasta que encontramos al Matisse con la bola roja. Es un cuadro titulado *La Ventana Azul*. Unas cinco parejas están por delante de nosotros.

"Necesitamos bloquear para acercarnos," dice Rembrandt. "Lo siento, quería decir..."

"Yo jugué al baloncesto en secundaria. Necesitamos ocupar la máxima cantidad de espacio posible, lo que yo ya hago." Señalo mi platillo.

Rembrandt se queda parado, los pies separados a la distancia de sus caderas. Maniobramos acercándonos.

"Oh, mira. Matisse empezó siendo abogado." Señalo el texto al lado del cuadro, "¿Algún deseo de crear arte en tu futuro?"

"No," dice él. "Claramente que no."

"Eso es muy contundente por tu parte." Alzo una ceja.

Él me mira. "¿Detecto un tono burlón?"

"Jamás. Me gusta eso, cuando sabes lo que quieres y te obligas a ello." Mis labios se curvan en una sonrisa de reconocimiento de un alma gemela. "Esto es genial. El arte surrealista es al lado, y eso va a incluir, *Almuerzos en Piel*."

Somos los siguientes. Nos tomamos una foto de los dos con el cuadro.

La Sala 517 está al lado y yo apunto las respuestas a las preguntas sobre *Objeto*, La taza de Meret Oppenheim cubierta de piel. Descansa en una urna de cristal en el centro de la habitación. Alguien toma una foto de mí.

"¿Qué se siente al ver la obra auténtica?", pregunta Rembrandt.

"Moviéndose." Estiro los brazos hacia afuera para rodear todo mi platillo. "¿Qué te parece? ¿Crees que he hecho una buena imitación?"

Él sonríe y su mirada es cálida como si de repente estuviera bañada en luz del sol. "Suficientemente bien como que podrías ser la auténtica."

"Soy la auténtica."

"Yo creo que lo eres."

La manera en que me mira, mi corazón se acelera. Mi aislamiento autoimpuesto desde hace tres semanas me está volviendo sospechosamente susceptible.

Él estudia la hoja de las pistas. "Este,—*Fulton Fish Market Hooker**—es Gordon Parks. Eso podría estar en la sala llamada Imágenes de América, 520."

"Fulton Fish Market tiene busconas?"

"No es una prostituta. Hooker en inglés es anzuelo y prostituta," dice él. "Peces. Anzuelos. Anzuelo."

"Entendido." Asiento con la cabeza.

Entramos en la sala 520 y encontramos una foto de un hombre con peto, fumando un puro y mirando hacia la derecha.

Digo, "Oh, 1943. Un poco demasiado moderno para tí, ¿verdad?"

"Un poco de agradecimiento te podría llevar más lejos. Necesitamos posar al lado con la misma expresión y ángulo. ¿Pueden tomarnos una foto?" le pregunta a otra pareja. "Nosotros os tomaremos la vuestra."

"Quizás deberíamos meternos el lápiz en la boca para poner la boca como la de él." Sonrío yo.

"Buena idea."

Los dos nos metemos los lápices en la boca como si fueran puros y miramos hacia la derecha, imitando la pose del Pescador.

La pareja le devuelve el teléfono a Rembrandt, y yo les tomo una foto.

"Me encanta su trabajo." Rembrandt se detiene un momento para mirar la foto.

"Sí, me encantan esas fotos en blanco y negro que muestran tanto carácter en los rasgos de la cara."

Mirando su móvil, él ríe. "Nuestra foto también tiene algo de vida." Me muestra la foto en su móvil. Estamos monos juntos.

"Vámonos. ¿Qué viene ahora?", pregunta él.

"Sala 523. Bonnard. Él tuvo influencias del arte gráfico japonés para crear atrevidos diseños geométricos."

Nos abrimos camino entre la gente para llegar a la siguiente galería, solo para quedarnos atascados al lado del cuadro esponjoso, *Gato Angora* en la sala 521 porque hay un atasco para salir de la sala. Yo intento forzarme para pasar, pero tampoco quiero dañar demasiado mi platillo. La gente parlotea a nuestro alrededor, muy diferente ante el silencio reverencial normalmente que hay en galerías d museos.

"Debes ser artista." Sus brazos están doblados.

"Sí."

"¿Escultura surrealista?"

"No. Mayormente, pinto," le digo.

"Hmm."

"No pareces muy impresionado," le digo yo. "Incluso diría que pareces decepcionado."

"Mi hermano es un Artista, con A mayúscula," dice él. "Tengo suficiente drama en mi vida con él."

"Mira, la taza de piel, tú eres la respuesta a la pista número cinco," dice alguien. "¿Podemos tomarnos una foto contigo?" Dos desconocidos se acercan y me rodean a cada lado. Uno tiene su móvil alzado para tomar una selfie.

"No, no soy la respuesta," digo yo.

"A lo mejor nos dan puntos extra," dice la mujer.

"Lo dudo pero bueno." Ya han tomado una foto de todas formas.

Otra pareja se acerca. "¿Eres la respuesta a la número cinco? La pregunta del almuerzo en piel?"

"No. No, no lo soy," digo yo.

"No lo es." Rembrandt me agarra de la mano. Tira de mí detrás de él mientras nos apresuramos a entrar en la siguiente sala de la galería y luego por las puertas automáticas de cristal a la exhibición Bonnard, Matisse y Rouault. La habitación estrecha es como un pasillo convertido en galería.

"Finn," suena una voz desde detrás.

Rembrandt se da la vuelta. "Brad."

Así que su nombre es Finn.

Es el famoso hermano escritor con una mujer delgada de pelo oscuro. "Habéis logrado llegar hasta Bonnard. Conoces tu arte." El hermano escritor me hace un gesto con la cabeza. Rembrandt/Finn vuelve a fruncir las cejas.

"Ella es artista," dice Finn.

"¿Y has elegido a este tío de pareja?" dice Brad.

"Gracias por el apoyo testimonial," dice Finn.

Dinámica un tanto rara. "¿Quién no eligiría a Rembrandt? Es uno de los pintores más brillantes de todos los tiempos. Y Finn parece entender de lo suyo."

"Tienes razón." Brad sonríe. "Será una buena pareja. Espero que os podáis reunir con nosotros más tarde para tomar algo."

"Vámonos," dice Finn.

"¿Has contestado la pregunta?", pregunto. "Tenemos que escribir la cantidad de frutas en el cuenco."

"Lo hice."

"Nos vemos en la meta," dice su hermano.

Miro de nuevo las claves. Me tenía que haber dado cuenta que *Peces* era un Brâncuşi.

"Necesitamos volver a las salas 500 y 502," le digo yo. "¿De manera que no te llevas bien con tu hermano?"

"¿En qué se nota?"

"Ese gran abrazo que le diste," digo yo. "Date prisa." Vamos corriendo por el pasillo hasta 500 donde están los Brâncuşis. Estamos de nuevo en un espacio amplio y despejado.

"¿Tienes hermanos?" pregunta él.

"Sí, tengo una hermana. Es abogado también. Pero nos llevamos muy bien."

"Hmm. Vale, tenemos que apuntar la fecha de creación de *Peces*," dice él.

Escribo 1930.

"Me encanta Brâncuşi," Digo. "Me encantan sus líneas lisas. ¿No te gustan? Dan muchas ganas de tocarlos y sentir ese alisado."

"Otras personas deben tener esa reacción también; estas obras están acordonadas." Los Brâncuşis están todos repartidos en la sala pero con un acordonamiento ante ellas. *Peces* está en el fondo.

"¿Por qué no os lleváis bien?" Le pregunto.

"No es que no nos llevemos bien *per se*," dice él. "Ni siquiera es culpa suya. Es complicado."

Hora de volver a la sala 502 para tomar una foto de *Pinos y Rocas*.

"Esta sala se llama Movimiento e Iluminación." Rembrandt comprueba el mapa mientras entramos en la sala 501. Fotografías de blanco y negro cubren las habitaciones de color azul oscuro de la habitación. Un destello de movimiento por arriba me llama la atención. Un video llena una pantalla grande que cuelga del techo, invita al espectador a una vista aérea de una calle de 1902 que incluye un carruaje tirado por caballos. Me siento como una pasajera en un tranvía circulando por arriba entre los arcos. Desvío la mirada. No es el momento de distraerme de la solución de pistas.

"Movimiento." Señalo la hoja de las pistas. "Esto entonces puede ser el *Beuys Jet* entonces."

Está abarrotado con otros concursantes mirando las cartelas de las fotos, así que no soy la única pensando eso.

Rembrandt asiente con la cabeza. "No hay mucha gente ante una foto. Vayamos a por la pista que sí sabemos y luego regresamos para ver si hay una muchedumbre."

Nos apresuramos hacia la entrada de la sala 502.

En el umbral me quedo parada. Mi estómago cae como si estuviera en un ascensor en caída libre.

"Mierda," digo yo. "'Ese es mi ex.'"

Mi garganta se atenaza. Mi estómago está todo descompuesto. Me doy un masaje en la garganta para liberarla. *Respira.* Ese ladeamiento de cabeza cuando se inclina hacia la mujer. Otra rubia.

El ruido de las conversaciones se amortigua hasta ser un murmullo.

Drew gira la cabeza de manera que la está mirando. Con ese enfoque intenso. *Como cuando me miraba a mí.*

"Necesitamos conseguir una foto al lado de *Pinos y Rocas,*" dice Rembrandt como si no se diera cuenta de lo que acabo de decir.

"Ése es mi ex." Mi voz está rasposa. Me doy la vuelta. "Vayamos a buscarlo más tarde. Podemos volver."

"¿Vas a dejar que tu ex te pare?", pregunta Rembrandt. "Va a tardar como sesenta segundos conseguir la foto. Parece que está totalmente atrapado por esa mujer con la que está."

Lo parece. Yo respiro.

La sala está abarrotada de parejas moviéndose para conseguir una foto con *Pinos y Rocas,* además del gentío de costumbre en torno al Van Gogh *La Noche Estrellada.* Pero no puedo infiltrarme allí dentro. Yo destaco.

Me escabullo doblando la esquina, de vuelta a la cueva de la sala 501. Finn me sigue.

"Está claramente embelesado," dice Finn.

"Genial," digo con sarcasmo. "¿Se te ha ocurrido alguna vez ser voluntario para un servicio de condolencias? Pareces tener un talento natural para ello."

"Lo siento. No pensé." Baja la mirada, ruborizándose. "¿Él rompió contigo?"

"Sí."

"Pero claramente ha sido hace un tiempo." Mira por detrás de la pared a mi ex embelesado.

"Si consideras que tres semanas es un tiempo."

"Oh. Entonces es reciente." Se quita la chaqueta. "Toma, escóndete bajo mi chaqueta."

"Porque eso no va a llamar la atención." *¿Por qué me he disfrazado de taza peluda? Podría haber pintado unos puntos en una camiseta. Pero no, yo tenía que tener un disfraz digno de una artista.*

"Tú quieres el Kimimoto. Vamos a tomar esa foto," dice Finn.

"Tres minutos como mucho. Creo que se está marchando. Quédate a mi derecha para que no pueda ver tu cara."

Yo me asomo por la pared. "Tienes razón. No voy a dejar que me amilane. Voy a ir de tapadillo."

Tomo la chaqueta de Finn y me la echo por encima de la cabeza, con la mano tirando del cuello para tapar la parte inferior de mi cara, dejando únicamente los ojos visibles. "Vámonos."

Drew camina en dirección hacia la otra puerta.

Cruzamos la sala y nos posicionamos al lado del Cézanne. Hay otras dos parejas por delante de nosotros. Agarro las solapas de la chaqueta acercándomelas más todavía de manera que sólo puedo mirar a través de una rendija. Siento como que Drew todavía está por aquí. *Una sensación picajosa de que esto no es una buena idea.*

De todas formas, la chaqueta de Finn tiene un reconfortante olor a ropa recién Lavada. La pareja delante de nosotros toma una foto y se aleja. Nosotros quedamos al lado de *Pinos y Rocas.*

"¿Lista?" Finn coloca la cabeza al lado de la mía agarrando su móvil para tomar un selfie que nos incluya a los dos y al cuadro. Suelto su chaqueta de manera que solo lo llevo tapándome la cabeza, pero mi rostro es visible.

Él hace clic. Yo vuelvo a taparme la cara con su chaqueta y salgo huyendo. Rembrandt, delante de mí, ya ha salido de la sala. Pero la pareja delante de mí se para justo en la salida para saludar a un amigo. Estoy atrapada detrás de ellos, sin espacio suficiente como para poder pasar. *Platillo estúpido.*

"Oh, ¿sabes qué obra de arte es ésa?", pregunta una voz detrás de mí.

Drew contesta, "No, ¿por qué?"

Está todavía en la sala. Y cerca. *Vete. Por favor, vete.*

"Eso es chulo. Es como una chaqueta de hombre por encima de la base de una taza, como si el hombre engullera lo doméstico," dice la voz de la mujer.

¿Qué? No. *No yo como la obra de arte interesante.*

Me subo la chaqueta, tapándome la cara por completo, de manera que no puedo ver nada y me quedo parada, atascada, como si fuese alguna obra de arte vivo, como una pantomima.

Será mejor que vuelva Rembrandt.

"Disculpa." Alguien me da un golpecito en el hombro.

Me quedo quieta. Mi corazón late con tanta fuerza que estoy segura de que ellos lo pueden oír.

"¿Sí?" Digo en un hilo de voz. No puedo creer que Drew no me haya reconocido, aunque solo sea de cintura para abajo. Pienso que reconocería mis piernas al menos. Mis zapatos son nuevos. Mi hermana me los compró para animarme como un "zapatos nuevos yo nueva."

"¿Vaya, cómo es que puedes ver?" pregunta Drew.

"¿Qué eres? ¿Eres alguna crítica de las relaciones de género o América corporativa?", pregunta la mujer.

"Sí," digo yo con una voz en falsete.

"¿Sí? Pregunta ella. "¿Así que ambas cosas?"

"Sí, ambas," digo yo con la voz en falsete y luego agrego todavía usando una vocecita, "pero algunos lo interpretan como una crítica de pareja infiel. Lo de no poder ver a través de la chaqueta del hombre."

"Vámonos, Angela," dice Drew.

Eso es tan típico de Drew. Odia el conflicto o incluso lo más mínimo tendente a ello.

"Oh, estás aquí. Te tengo." Rembrandt me toma del brazo. "Realmente queremos ganar. Tenemos prisa."

"¿Pero cuál es el nombre del artista?", pregunta la novia. "¿Y la obra de arte?"

"*Capa y Platillo*," digo yo.

"Por Luna Olsen." Ríe Rembrandt. "Es bastante vanguardista y mantiene un perfil muy bajo. Ahora, si nos disculpan." Él nos guía fuera de la galería, en la dirección opuesta a la que se encaminaban ellos.

Salimos a la entrada, de vuelta a la exhibición acordonada de Brâncuși, y yo me quito el abrigo de Finn. A salvo.

Trotamos hacia la escalera mecánica y bajamos al cuarto piso.

"¡Jackowski!"

O no.

3

"Debí haber esperado encontrarte aquí." Es el mejor amigo de Drew, saliendo del baño de señores. "¿Has visto a Drew? Le dejé allí dentro."

"No. Nos debimos perder por un pelo. Toma tu chaqueta." Le entrego a Finn su chaqueta. "Este es Finn. Finn, este es Mark, el mejor amigo de Drew."

"¿Estás bien?", pregunta Mark frunciendo las cejas.

Mark es un tío bueno, aunque sea el mejor amigo de Drew.

Las lágrimas me anegan los ojos. No estoy bien con la ruptura. Desvío la mirada... y miro los ojos de Finn.

Finn da un paso hacia delante, como si fuera un escudo para mi y le da la mano a Mark.

"Le dije a Drew que..." Mark se detiene mientras Finn me rodea con el brazo, arrimándome a su cuerpo. *¿Qué hace? ¿Debo separarme? Eso va a quedar raro.*

"Somos viejos amigos," digo yo.

Y entonces una voz detrás de mí dice, "Eso tiene más sentido. Finn, ¿por qué dijiste que no la conocías? Yo sabía que nunca te irías con alguien que no conoces de nada."

"Mi hermano Brad," le dice Finn a Mark.

"¿De qué os conocéis?" pregunta Brad.

"¿De qué nos conocemos?", me pregunta Finn, la ceja alzada.

No tengo ni idea. No sé nada de este tío, el Sr. Hablamos Luego, y estamos con su hermano que seguramente le conoce al dedillo. *Piensa.*

¿Dónde está Winnie cuando se necesita un dosier completo?

Lo que sí sé:

1. Es abogado.

2. Le gusta Rembrandt.

3. Tiene algún conflicto con su hermano, el escritor.

4. No se iría con una desconocida, pero lo hizo, así que *realmente* no quiere pasar el rato con su hermano.

5. No tiene planes para ser artista.

6. Hace coladas.

7. Le gusta la fotografía.

8. Estaba dispuesto a "jugar" como cuando hicimos una mueca con las bocas para imitar la foto.

Esa habilidad para "jugar" es clave para mí. Esa era una de las razones por las cuales me gustaba Drew; estaba dispuesto a jugar, como la vez que hicimos un cursillo de origami.

Tanto Mark y Brad se me quedan mirando. Me relamo los labios.

"Fui cliente pro bono suyo." Me agarro de las manos y asumo una mirada solemne.

"Y yo que creía que tus clientes pro bono eran viejecitas. No tenía ni idea de que estuvieras conociendo a mujeres atractivas," dice su hermano.

"¿Tu hermana no podía ayudarte?" pregunta Mark.

Y ahora es cuando la trama hace aguas. Claro que me ayudaría mi hermana.

"Área distinta del derecho," dice Finn.

Muy bien. Recemos.

"Mark no es un abogado," digo yo. En otras palabras, Finn tienes vía libre con esto. "Mi hermana es litigante, pero mayormente fraude y acciones. Obviamente, nada que ver conmigo como artista." Esperemos que Finn hace algo diferente.

"¿Haces testamentos para artistas pro bono?", pregunta Brad.

"La Fundación de Artistas recomienda testamentos para artistas," digo.

La acompañante de Brad le da un golpecito en el brazo y se lo lleva para enseñarle algo. Creo que acaban de encontrar *Peces*.

"¿Acabas de eliminar a Drew de tu testamento?", pregunta Mark.

"Drew nunca ha estado en mi testamento," Digo como si realmente hubiera redactado un testamento con Finn. "Sé que estaba en serio con Drew, pero concédeme un poco de crédito. No estaba dejándole mi obra a perpetuidad." Solo mi corazón.

Lección aprendida. Volcar mi pasión en mi pintura. Pero el rompimiento incluso me afectó en la pintura, como se vio con el comentario del vómito del Sr. R. Atkinson.

"Debo ir a buscar a Drew." Mark me pone una mano en el brazo. "Mira, le dije que era una putada y que te merecías algo mejor."

"Gracias." Le doy una palmadita en la mano, emocionada.

"Que debería haber esperado que tu carrera estuviera antes. Especialmente cuando está despegando como lo hace. Se va a encontrar con el mismo problema con Angela."

Miro a Mark. Mi estómago se encoge. Ahí estaba, una de las respuestas de por qué Drew había estado descontento. Yo lo había sospechado pero de todas formas, siempre había dicho que me apoyaba.

Mark se encoge de hombros como si dijera ʹqué quieres que hagaʹ y se aleja entrando en la sala 501.

¿El mismo problema con Angela? ¿Era ella Angela Ketank, la artista nueva genio que tiene dos exposiciones actualmente? Estoy a punto de googlear su nombre en el móvil para encontrar una foto cuando me acuerdo de que no hay Wi-Fi.

Mi estómago se revuelve. *¿Pero está saliendo con otra artista?* No sé cómo procesar esto.

Brad vuelve. "¿Pero aun así, mantenéis el contacto?"

Enfócate en esto. Olvídate de Drew de momento.

"Sí," le digo. "Le ha gustado mi arte." Finn seguramente odiaría mi arte.

"¿En serio?" Pregunta Brad con un tono de incredulidad. ¿Es incredulidad porque mi arte podía gustarle a alguien o que a Finn le podría gustar?

"Me pareció que tu arte era prometedor," dice Finn corriendo. Maldito leve halago.

"Eso se parece más al Finn que yo conozco," dice Brad.

"¿Podemos hablar luego? Quiero ganar el premio," digo.

Nos despedimos de Brad y su amiga y bajamos por la escalera mecánica hasta el cuarto piso. Drew querrá evitarme, si Mark le dice que me vió, pero de todas formas nos tenemos que ir de esta planta.

Finn y yo nos sentamos en un banco, mejor dicho, yo me siento en el filo porque eso es lo que me permite mi platillo, en el pasillo para estudiar la hoja de las pistas.

"Muy bien, ¿qué pensamos que hay en la cuarta planta?"

Estas son las pistas siguientes:

- *Pintura de acción*

- *Pantyhose RSVP*

- *Teatro de Bambú*

- *No siempre se marcharon...*

- *Beuys Jet*

- *Planos de color*

- *La construcción de la identidad: papeles femeninos en los medios y el cine*

- *¿Quién decide qué es arte? Acrílico y esmalte metálico en lienzos con plástico*

Para la pintura de acción, nos vamos corriendo a las salas Jackson Pollock. Mientras pasamos a por una obra expuesta yo señalo la pintura de Lee Krasner en morado y rosa titulado *Gaea*. "Ese es uno de mis cuadros favoritos."

Solo hay un Jackson Pollock exhibido en una sala que normalmente está llena de sus obras y está detrás de plexiglás. Además, hay dos vigilantes a cada salida.

"Y yo he de suponer que tú piensas que esto es arte." Finn hace un gesto hacia el Pollock.

"Sí," digo. "Venga, tenemos que hacer un poco de arte aquí." A un lado hay cabinas de plexiglás, con guardapolvos colgando a un lado.

"¿Qué?"

La persona encargada explica que cada pareja se lleva un bote de pintura y hace arte en la caja de plexiglás, parecido a las obras de arte motorizadas que giran que hacen los niños.

"Date prisa," digo. "Necesitamos recuperar el tiempo perdido."

Entramos en una cabina. Yo tomo un bote de pintura roja; él elige uno de azul. Nos inclinamos por encima de la caja de plexiglás, volteamos nuestros botes y apretamos. Yo muevo el mío en un diseño de ondas, pero Finn solo deja que el suyo gotee en una gran mancha.

"Vale, vámonos." Tomo nuestro cuadro de la caja.

La mujer cuelga nuestro cuadro para que se seque y toma nota de nuestros nombres. Sonreímos para otro selfie con el dibujo de manchas que acabamos de hacer.

"¿No demuestra eso lo que digo que no es arte si todos podemos hacerlo?", pregunta él.

"Siento pinchar tu burbuja, pero no acabamos de crear un Jackson Pollock.", le digo. "Con lo mucho que me gustaría discutir sobre el arte y profundidad de un Pollock, necesitamos prestar atención a lo que estamos haciendo."

No. 5/No. 22 de Mark Rothko es la respuesta a "Planos de color" en la sala adyacente. Audrey por lo menos adivinará esta pista.

La siguiente nos lleva a la sala rectangular "Dentro y por Harlem." Encontramos "no siempre se fueron..." de Jacob Lawrence en el centro de una fila de sus cuadros. Escribimos la respuesta a la pregunta y bordeamos los bancos. Hay más gente en torno a la salida. Las personas delante de nosotros comentan su reciente visita a Little Island en Pier 55 en el parque de Hudson River.

Mientras estamos de pie esperando a salir por el arco de en medio, le pregunto, "¿Por qué me rodeaste con los brazos?"

Finn se ruboriza. "Pensé que podría ayudar. Sabes, hacer como que le habías dejado atrás también."

"¿Después de tres semanas?", resoplo.

"¿Para conservar tu orgullo?"

"Demasiado tarde." Suspiro. "Quizás si me hubiera dado cuenta de que su texto era romper conmigo. Pero cuando no contestó mis mensajes, pensé que podría estar en el hospital. No pensé que me estuviera haciendo *ghosting* después de que saliéramos durante un año. "¿Quién hace eso?" Doblo los brazos ante el pecho."Por eso aparecí en su lugar de trabajo. Bueno, primero fui a su apartamento, pero su portero dijo que no le había visto en varios días. Me preocupó mucho eso. Solo para enterarme de que estaba quedándose en el apartamento de su nueva chica. Y luego le ví salir de su oficina, los brazos rodeando a una mujer, sosteniendo mi bolsa aislante para almorzar, lleno de las madalenas que le había preparado para él y llevársela a nuestro sitio favorito para almorzar."

Los ojos de Finn se agrandaron. "¿Sí? ¿Dijiste algo?"

"Le dije secamente que me había llevado una decepción y que era un cretino. Y por lo visto, lo es. Pero no lo era cuando nosotros salíamos." Aclaro la garganta. "Y me llevé de vuelta mis madalenas y mi bolsa de los almuerzos."

"¿Qué *dijo* él?"

"Él dijo que ella era *La Que Sí*. Lo cual dolió. Pero quizás le hace ser menos cretino si ella lo es."

Ciertamente, la estaba mirando como si lo fuera. Lo cual debería ayudarme a superarle. No tiene sentido que yo pierda el tiempo estando triste, porque está claro que él no lo está. Pero yo no podía entender cómo podía cambiar a otra tan fácilmente. Y no era como que no íbamos a volver a encontrarnos otra vez. Tal como demostraba su presencia aquí hoy.

Nos abrimos camino hasta la sala 401 y salimos al pasillo. Finn se apoya contra la barandilla para estudiar la hoja de las pistas de nuevo.

De repente me entra un frío. *¿Y si Drew gana el Kimimoto?* Se lleva mi corazón y mi arte. Angela tiene un pedigrí similar al mío. Al igual que Drew, marchante de arte. No estamos haciendo esto de manera organizada o rápida como debiéramos. Finn mira al helicóptero que está en el espacio abierto detrás de nosotros.

"A mí me hicieron *ghosting* después de salir con alguien durante dos meses." Finn se endereza el cuello de la camisa y se frota la nuca.

Deberíamos enfocarnos en la búsqueda del tesoro, pero no puedo dejar de preguntarle. "¿Cómo lo supiste? ¿La llamaste y fuiste a verla y luego te enteraste?"

"No. Yo estaba en medio de una audiencia de legalización y estaba muy pendiente de eso. Y luego la llamé y ella no me devolvió la llamada. Y luego, bueno, me di cuenta de que no había sabido nada de ella durante una semana."

"¡Una semana!" Sacudo la cabeza. "Vaya relación más apasionada."

"Ella dijo que estaba preguntándose si me daría cuenta. Como si no lo hubiera hecho." Se burla él y me mira. "¿Ahora quién debería ser voluntario para condolencias?", pregunta él con amargura. "Ella también es abogado y yo respetaba su dedicación a su trabajo y su independencia."

"Esos son sentimientos hermosos," le digo con toda seriedad. Bueno, quizás algo burlonamente. "No puedo creer que te hicieran *ghosting* también, y por una colega abogada además. ¿Qué le pasa a la gente ahora?"

"Solemnemente, juro que nunca te haría *ghosting*."

Resoplo. "Me estoy tomando unas vacaciones en el tema de salir, pero lo tengo en cuenta."

Él se desliza por la barandilla, más cerca de mí, lo más cerca que permite mi escudo protector de platillo, y apoya la cabeza al lado de mí, sus ojos azules sonriéndome. "Pero tengo que reconocer que nunca recibí quejas por falta de pasión."

Mi corazón da un vuelco. Estoy zumbando, como cuando he pintado algo potente. Nerviosa, vuelvo a mirar la hoja de las pistas y digo de sopetón, "Pantyhose puede ser Senga Nengudi. Ella hace estas esculturas chulas hechas con medias que representan el cuerpo en expansión de una mujer durante el embarazo. Eso podría estar en la Galería Cuerpo en Línea, sala 420."

Él se retira. "Por lo menos eso está aquí mismo. Tienes que saber de verdad de arte para ganar esto."

Sí, y necesito enfocar la menta en mi meta, ganar ese Kimimoto. Cruzamos el pasillo hasta llegar a la sala 421 y pasamos a la 420. Hay un Nengudi allí, pero no es la correcta.

"Quizás esté en la colección de dos."

"¿Hay más de cuatro?"

"No que yo sepa seguro." Sacudo la cabeza.

Luego él me da un repaso, de manera casi seductora, y mira hacia abajo y se muerde el labio. Como si tirara de mí, me pregunto a qué sabrán sus labios. Nos miramos. Vuelvo a sentir ese chispazo de corriente. Doy un paso hacia delante, pero tengo una órbita de platillo rodeándome que impide más acercamiento.

Estudio la lista. "Vale, segundo piso. Cindy Sherman está claro, la construcción de la identidad, roles femeninos en los medios y el cine.

Nos abrimos paso entre diversas personas disfrazadas, incluida una persona que lleva un disfraz de una cama de cartón, y regresamos a la escalera mecánica.

Bajamos a toda prisa, cruzamos el atrio corriendo con el video y el sonido de escenas de manifestaciones de los años 60 y entramos en la galería 201. En la pared a nuestra derecha están las fotos fijas de Cindy Sherman o fotos de mujeres en los diversos papeles asignados a ellas en películas, como la mujer dura y, sin embargo, vulnerable del "cine noir."

Supongo que no me quedé en mi papel definido en mi relación con Drew. Cuando nos conocimos, yo era una artista luchando por empezar. Pero luego tuve mi segunda exposición hace nueve meses. Había tanta demanda por mis cuadros y "collages" que tuve que trabajar todo el tiempo para poder cumplir con ello.

No me arrepiento de hacer eso.

Nos tomamos una foto delante de las foto fijas de Cindy Sherman.

"Lo que me gusta de Cindy Sherman es como explora las distintas identidades y las construcciones de las identidades. Y cómo me siento diferente cuando miro a esta", señala la de la secretaria, "frente a esta." Hace un gesto hacia una mujer vestida con una picardía con un cóctel en la mano.

Avanzamos más en las galerías y ahí está el Nengudi en un rincón, líneas de medias estiradas con la parte del torso rellena de arena como un gran saco en medio. Nos hacemos una foto con eso. En diagonal enfrente hay un destellante cuadro de color rosa.

"Oh, me encanta eso." Me acerco.

Se titula *Memoria: Pasado* y es de Howardena Pindell. El texto en la cartela de la pared lo describe como tiras de lienzo cosidas en filas con la artista acumulando capas de pintura, tinte y polvo en un proceso intensivo. Y luego salpicado por encima hay fragmentos de fotos y brillos. Pensé que Drew y yo estábamos creando una historia y una relación, pero quizás era demasiado laborioso. Yo siempre me sentía desgarrada entre crear mi arte y nutrir nuestra relación.

Sin suficiente purpurina.

Sin suficientes momentos alegres.

Me quedo mirando fijamente la obra de arte, las tiras rosa con purpurina y las fotos pequeñas. Quiero hacer una pausa para absorber y analizar esto de lo que me doy cuenta ahora, pero nos apremia el Kimimoto. Estamos cerca ya. Solo nos quedan tres pisas.

- *Teatro de Bambú*

- *Beuys Jet*

- *¿Quién decide qué es arte? Acrílico y esmalte metálico en lienzo con plástico*

Hmm. Los dos estudiamos el mapa de Finn.

"No tengo ni idea." Se frota la nuca. "¿Hay un pintor o escultor que venda su obra sin intermediarios?"

"Muchos artistas se cuestionan qué es arte, así que no es una pista muy buena. No se me había ocurrido este enfoque del no intermediario, pero es una buena pista. No se me ocurren muchos que usen el plástico." Repaso mi base de datos mental. "Julian Schabel a veces usa el plástico."

"Me gustan sus cuadros que son platos."

"Entonces, sabes algo de arte moderno." Ladeo la cabeza.

"Algo."

"Apuesto que es David Hammons," digo. "Es famoso por no tener intermediarios. Y su "arte basura", que es con una bolsa de plástico."

"Baby, Where Did Our Love Go?" suena como fondo a un video repetido en la siguiente galería. Vamos a toda prisa por esa sala y entramos en la siguiente. Ahí, el cuadro de David Hammons, un lienzo grande cubierto por una lámina de plástico, con agujeros de manera que asoma el cuadro abstracto oculto, ocupa el lugar central de la sala.

"Me encanta la potencia de los brochazos rosa y morados que asoman," digo mientras nos tomamos un selfie delante del cuadro.

Me doy la vuelta y veo a Drew. ¿Qué pasa con mi suerte hoy?

"Dame tu chaqueta," le susurro a Finn. Para mérito suyo, ni siquiera me hace preguntas mientras se la quita corriendo. Rápidamente, me cubro la cabeza. "Y siéntete libre para fingir que eres mi novio."

"¿Kiara?"

Me giro, dejando que la chaqueta me caiga encima de los hombros. "Drew. Mark dijo que estabas aquí."

4

Drew dice, "Mark dijo que estabas disfrazada de taza de té."

Me encojo y asiento con la cabeza. Bajando la cabeza levemente, hago una mueca con los labios, sin saber bien qué decir como respuesta. Sí, desde luego, te he intentado evitar tapándome la cabeza con una chaqueta. No solo eso, sino que luego fingí ser otra obra de arte. Mi cara debe ser otra tonalidad de color rojo, ya que siento el rubor extenderse por mi cuello.

Retiro mi opinión de "Mark es buena gente."

"¿Y ella es...?" Pregunta Finn. "Esta es Angela Ketank. No creo que os conocéis, pero deberíais conoceros. No tuve la oportunidad de presentaros la última vez..."

La última vez, cuando les ví juntos y le grité.

Mi mandíbula se tensa.

Finn me toma de la mano. "Yo soy Finn."

Yo asiento con la cabeza amablemente mirando a la chica con Drew. "He oído hablar de tí, claro."

"¿Estáis saliendo?", pregunta Drew.

"Acabamos de empezar," digo yo.

"Le pedí que saliera cuando me enteré que habíais roto," dice Finn. "Ella dijo que no al principio pero la hice cambiar de parecer."

"Me alegro," dice Drew.

Se alegra. Quiero que esté destrozado, no alegre. Pero está claro que no quiero que sepa que todavía sigo dolida.

"Deberíamos irnos, Kiara, si queremos terminar a tiempo para nuestra cena tarde en el River Café."

Oh, muy bueno, Finn. El River Café es famoso por ser lugar romántico.

Las cejas de Drew se alzan.

Aprieto la mano de Finn. "Sí, tenemos que irnos."

"¿Así que si hay una pieza titulada *Capa y Platillo*?" pregunta Angela.

"Sí," dice Finn. "La ví en una exposición en Dinamarca, pero no creo que la artista sea conocida. Un amigo había organizado una exposición en su apartamento en Copenhaguen. Luna dijo que era un comentario acerca de la obra de Meret Oppenheim que la obra de las mujeres seguía siendo engullida o ahogada por los hombres y que los intereses corporativos compran el arte."

Finn me sonríe. Mi boca no está abierta de par en par, pero debería estarlo.

"Se lo conté a Kiara y ella decidió ir como esa obra." Finn me frota el brazo.

"Dos disfraces por el precio de uno," digo con debilidad. "Hace calor bajo la chaqueta, así que entonces sólo soy el *Objeto* de Meret Oppenheim."

Drew estrecha los ojos.

"Y ciertamente era útil para evitar hablar contigo," digo. No hay manera en que *no* voy a reconocer eso.

"Encantado de haberos conocido." Finn tira de mí y nos apresuramos a entrar en la siguiente sala.

"Me siento como si me hubieran puesto en el lavaplatos," digo. "Buen golpe."

"Había que hacerlo. Enfoquémonos en ganar esto."

Enderezo los hombros. Ni siquiera puedo empezar a procesar esto. Miramos las pistas siguientes: *Teatro de Bambú* y *Beuys Jet*.

"¿Sabes donde está el Teatro de Bambú?" pregunta Finn.

"No, no sé nada de esta pista." Y mi cerebro está tan hecho trizas ahora mismo.

Finn estudia el mapa del MoMA. "El Teatro de Bambú debe estar en la exposición sobre arquitectura china."

Salimos a toda prisa entre las exposiciones para llegar a la fachada del edificio y corremos escaleras abajo al primer piso. Una sala de exposiciones oscura se ve bajo el arco. En la entrada, fotos y videos de un teatro de bambú en China dominan una pared. Los árboles curvos de bambú con un asomo de cielo azul me calma. Finn apunta Pueblo de HengKeng como la respuesta de la pregunta, y posamos para hacernos una foto.

Hay una pareja justo detrás de nosotros.

"Regresemos al piso cuatro para el *Beuys Jet*," digo. "Seguramente es parte de la colección de los años cuarenta a los setenta."

Finn dice, "Seguramente querrás ir a casa para recuperarte, pero yo quiero invitarte a tomar algo con mi hermano luego."

"No deberíamos hacer eso." Salgo de la exposición a la entrada de nuevo. "Nunca podríamos superar copas con tu hermano. ¿Cómo vamos a mantener este fingimiento de que somos viejos amigos?"

"Viejos amigos puede que sea una exageración, pero podemos decir que yo te pedí que salieras, después de que fuésemos cliente y abogado, obviamente."

"¿En las últimas tres semanas? Yo no estaba en condiciones de aceptar invitaciones. Y no le estaba siendo infiel a mi novio antes de eso."

"¿Como amigos antes de eso?"

"¿Y, por qué me pediste que saliéramos?"

"Pensé que eras atractiva."

"¿Tu hermano se va a creer eso?" Le pregunto. "Y eso no es ser amigos."

"Eres claramente atractiva."

Le miro. No soy tu típica belleza estándar. Soy más bien la clase de belleza que se aprecia cuando se me llega a conocer.

"¿Me encuentras atractiva?", le pregunto.

"Soy un hombre. No soy un robot." Se da la vuelta.

La manera en que dice *robot*, con dolor personal, es como si eso es una crítica que le ha lanzado alguien. Y me siento desgarrada. Me siento mal por él. Pero nuestro engaño se descubrirá.

Y luego me sonrío a mi misma. Él me encuentra atractiva.

"¿Te inventaste todo eso sobre la *Capa y Platillo*?"

"No completamente. Sí que conocí a una artista llamada Luna Olsen en Dinamarca con una pieza criticando la opresión masculina. Sólo que era una chaqueta y corbata encima de una aspiradora. Así que puedes decirles que me equivoqué al recordar el título y la pieza cuando les vuelvas a ver."

"Creativo." Estoy impresionada. "Terminemos con esta búsqueda del tesoro. Y luego podemos decidirnos sobre esas copas."

"Solo quedan diez minutos," dice Finn.

Pasamos ante la recepción para socios, encaminándonos de vuelta a las escaleras.

"Ahí está mi hermano. Y se encamina hacia la meta. Si quieres ganar, necesitamos entregar esto." Finn se da la vuelta y sale corriendo hacia el mostrador de socios.

Yo le sigo, pero estoy sosteniendo mi platillo porque no está diseñado para carreras. Su hermano también corre. ¿Qué le pasa a estos tíos? Mi hermana también es supercompetitiva, pero no conmigo.

Finn adelanta a su hermano, pero estamos detrás de una pareja más.

La primera pareja falla tres respuestas. A nosotros sólo nos falta la respuesta *Beuys Jet*.

El jurado examina nuestra hoja y les mostramos nuestras fotos. Un juez toma entonces la hoja de Brad.

Todas las respuestas de ellos son correctas. El jurado les declara ganadores.

Finn se muerde el labio y mira hacia la pared. Mis hombros caen. Una profunda sensación de decepción me tira hacia abajo. *Tan cerca.*

"Lo siento," dice él. "No fui muy útil."

Yo suspiro, la cabeza hacia abajo.

Él baja la cabeza para mirarme. Es un movimiento tierno. Su mirada de ojos azules intenta animarme. "Puedo intentar negociar con mi hermano para que me los venda. No sabe su valor real."

Yo sonrío un poco, animada por su preocupación. "No pasa nada."

Al menos Drew no ganó los grabados. Eso es un consuelo.

Su hermano se acerca. "Os invitamos a copas. Vienes, ¿verdad? Pero es comprensible si solo le habías tenido lástima y ahora quieras escaparte."

"No, yo voy," sorprendo a Finn diciendo eso. Meto el brazo por el de Finn y le abrazo de alguna manera. "Es mono."

Finn se ruboriza, está mortificado. Y sí que parece adorable.

"¿Bueno, a dónde vamos? Dejadme ver si mis amigas quieren venir." Necesito buscar refuerzos.

"El Sam's Speakeasy," dice Brad. El Sam's no está demasiado lejos de donde vivo en el centro. Me disculpo y les digo que les veré en unos minutos después de convencer a mis amigas para que vengan.

"Nos vamos de copas con su hermano. Y Finn y yo somos viejos amigos, y posiblemente estamos saliendo juntos. Quiero decir, estamos fingiendo que posiblemente estemos saliendo. Por favor, venid conmigo."

"¿Qué? ¿Por qué estáis fingiendo que posiblemente estéis saliendo juntos?", pregunta Audrey.

"No lo sé." Yo suspiro sacudiendo la cabeza. "Él decidió rodearme con el brazo delante de Mark, así que eso parecía que yo tenía a alguien. Porque, como dijo, Drew parecía, 'completamente embelesado con su nueva novia'. Yo dije que éramos viejos amigos. Y su hermano lo escuchó. Sea como sea, yo he dicho que sí a copas. Y a su hermano le parece divertir meterse con él."

"¿Entonces, esto se supone que debe ser divertido?", pregunta Audrey.

"Te deberé una. Procura guiar la conversación en otra dirección si parece que estamos a punto de delatarnos."

"¿Pero tú quieres ir?", pregunta Audrey.

Yo asiento con la cabeza.

Winnie dice, "Él te mira como si se sintiera atraído por ti, valga eso lo que valga."

Eso vale mucho. No me estaba imaginando esos chispazos de atracción.

El Tío Cuchara se acerca corriendo y me agarra de la mano. "Estamos predestinados. No puedes irte sin mí."

El Váter agarra la otra mano del Tío Cuchara, intentando apartarlo. "Lo siento. Está borracho. Algunos tíos buscan pelea. Él se enamora."

"¿Cómo vas a añadir azúcar y remover?", gimotea triste el Tío Cuchara. "La vida no será dulce sin mí."

Váter dice, "Venga. Dejemos en paz a la taza de té. Ella está con sus amigos. Podemos buscarnos otra taza para ti. O, ¿qué te parece un tenedor y/o cuchillo? Vi un tenedor antes.

"¿Un tenedor? ¿Dónde está el tenedor?" El Tío Cuchara se deja llevar.

Finn, Brad y la amiga de Brad se acercan.

"Soy Brad Atkinson," dice su hermano, saludando con la mano. Finn y yo hacemos el resto de las presentaciones. Luego nos vamos afuera y nos dividimos en taxis. Yo voy con Finn, Brad y su amiga, Chrissie.

Mis amigas van en el otro taxi. Winnie me guiña un ojo y alza su móvil. Yo le hago un gesto con los pulgares. Por lo menos ella está pendiente.

Meto mi taza y platillo en el maletero del taxi. Ahora solo llevo mi camisa marrón y unos pantalones de yoga ceñidos. Tirito.

"¿Quieres mi chaqueta?", pregunta Finn.

"Estoy bien," digo yo.

Chrissie se mete primero, la sigo y luego entra Finn. Finn es alto y estoy presionada contra él. Nuestras cabezas están cerca y nuestras manos se tocan de nuevo mientras los dos forcejeamos con las hebillas de nuestros cinturones de seguridad. El aliento de él me hace cosquillas en la mejilla. No le miro, eso parece demasiado arriesgado.

Brad toma el asiento al lado del chófer, así que espero que la conversación sea limitada.

Brad se gira para mirar hacia atrás desde el asiento delantero. "Entonces, ¿viejos amigos?"

O no. ¿Dónde está esa barrera de plástico entre el conductor y el asiento trasero cuando te hace falta?

"Sí." Digo. "Quiero decir, nos conocimos hace tiempo, así que sí, viejos amigos."

"Yo no llamaría eso, viejos amigos," dice Brad.

"Oh, sí, tú eres escritor," digo. "Seguramente eres más preciso con tu lenguaje."

"Y tú eres artista," dice Brad.

"Sí. Quería decir viejos amigos más en el sentido de esa sensación que te da una persona, como que le has conocido desde siempre cada vez que os veis, puedes seguir hablando siguiendo por donde ibais desde la última vez y podéis hablar de lo que sea. Así que más esa sensación de vieja amistad." Y cuando lo digo, me doy cuenta de que es verdad.

"No es que lo hayamos hablado todo," dice Finn.

"No," digo, "no es que lo hayamos hablado todo. Pero eso también es la alegría de nuestra relación, hay tantas cosas qué descubrir el uno de la otra."

Me vuelvo hacia Chrissie, sentada mi lado. "¿Tú a qué te dedicas?" Necesitamos desplazar la conversación a otro tema que no sea Finn y yo.

"Yo también soy escritora, como Brad," dice Chrissie. "Pero no tengo tanto éxito así que durante el día trabajo como ayudante de ejecutivo."

"Parece que los dos sabéis mucho sobre el arte." No puedo creer que nos hayan ganado. "¿Dónde estaba el *Beuys Jet*?"

"En el cuarto piso," dice Chrissie. "El artista es Nam June Paik. Él hizo esos reactores con relojes."

Asiento con la cabeza. Se me había olvidado.

El taxi baja por la Quinta Avenida a toda pastilla, logrando pillar todos los semáforos en verde. Las tiendas pasan veloces.

"Yo trabajo como ayudante de ejecutivo en una empresa cercana, así que si no estoy escribiendo durante mi hora del almuerzo, lo paso en el MoMA."dice Chrissie. "Lo encuentro muy inspirador. ¿Qué clase de artista eres tú?"

"Mayormente, hago pintura pero también hago collages con fotografía."

"¿Qué más haces para... sobrevivir?", pregunta Chrissie.

"Soy artista a tiempo completo," digo. "Me representa una galería en Brooklyn."

El muslo de Finn toca el mío. Se siente como músculo duro. Y caliente.

"Impresionante," dice ella.

"Eso fue divertido. Me encanta como curvaron los árboles de bambú para formar un círculo abierto para que se pueda ver el cielo en el Pueblo de HengKeng," digo.

"Finn, ¿os definiríais como viejos amigos?", pregunta Brad.

Finn se mueve a mi lado.

"¿Necesitamos definir nuestra relación?", pregunto yo.

"A Finn le gustan las definiciones," dice Brad.

"No estoy seguro de que tengamos todavía una relación definida," dice Finn.

Su hermano se gira y nos mira por encima del asiento delantero. "Interesante." Sonríe con picardía. "Toma nota, Kiara. No quiere definiros como 'amigos.' ¿Cómo es que nunca has mencionado a Kiara? Te pregunté hace un mes si te interesaba alguien."

Finn emite un largo suspiro a mi lado.

"Ella estaba saliendo con otro," dice Finn.

"¿Es ése el Drew mencionado antes? ¿Rompiste con él por Finn?" Pregunta Brad.

"No," digo.

Brad gira el cuerpo y voltea la cabeza para mirar directamente a Finn. "Finn, te has movido rápido, pero no quieras ser el tío del rebote."

5

Por suerte, el taxi se detiene delante del Sam's cuando un silencio mortal es la respuesta al último comentario de su hermano. Finn y yo nos bajamos aprisa y el taxi de mis amigas está justo detrás de nosotros. Nos reunimos todos ante una puerta que parece de caja de caudales y subimos las escaleras en fila al Sam's Speakeasy. Está lleno de sillones tapizados en ante y terciopelo, colocados como si fueran pequeños salones en torno a pequeñas mesitas de madera. La anfitriona saluda a Brad por su nombre. Cuelga nuestros abrigos y nos da nuestras etiquetas de los abrigos.

Luego nos lleva a un grupo de sillas colocadas cerca de una ventana. Hay un escape contra incendios justo fuera de la ventana y una vista de la calle Clinton. Suena un poco de música jazz ligera. Colocamos el cartón, taza y platillo a un lado del sofá. Yo me siento al lado de Finn, Audrey a mi otro lado y Winnie toma el asiento enfrente de Audrey.

Brad y Chrissie se sientan enfrente de nosotros. Desgraciadamente, eso sólo sirve para acrecentar la sensación de interrogatorio. Una camarera viene a tomar nuestro pedido. La barra está en la parte trasera.

"¿Por qué me dijiste que no la conocías?", pregunta Brad.

Finn me mira directamente. "Ella siempre me sorprende. No siento como que la conozco de verdad... aún."

¿Por qué ha dado un vuelco mi corazón hace un momento? Es la manera en que lo dijo y cómo me miró. Pero Drew me miraba así y se encontraba hechizado también. Ladeo la cabeza considerando. No es que Finn me haya mirado como si estuviera embelesado, era más bien que quería conocerme.

"Sí, yo siento como que apenas sé nada de tí tampoco," digo yo.

"¿Sabéis algo el uno de la otra siquiera?" pregunta Brad.

"¿Qué sabes tú de Chrissie?" Finn se cruza de brazos.

"Yo sé mucho acerca de Chrissie. Juguemos un juego a ver quién sabe más." Brad se echa atrás en su silla.

"Pero ya hemos concedido que no sabemos gran cosa el uno del otro," digo yo.

"Finn no sale con mujeres," dice Brad. "Nunca tiene citas."

"Tenía novia," digo yo.

"¿Tú sabes que tenía novia?" Brad se inclina hacia delante. "Esto se está poniendo cada vez más interesante. Pero eso fue hace dos años."

Miro con sorpresa a Finn. *¿Hace dos años?* Pensé que había sido reciente. Finn se encoge de hombros, mirándome con timidez.

"Si salgo. A veces. Sólo es que no te lo cuento porque no lo necesito capturado en detalle en tu próxima novela," dice Finn. "Y no es como que tengo mucho tiempo para salir, dado que soy un socio junior."

La camarera deja nuestras bebidas en la mesa que tenemos enfrente. El lugar tiene buen ambiente. Suenan risas del grupo a nuestro lado. En la pared que tenemos delante hay pequeños retratos enmarcados. A mi lado hay una lámpara vintage con una pantalla con borlas.

"Por el arte." Brad alza su copa. Todos chocamos nuestros vasos. Yo bebo un sorbito de mi Cosmopolitan rosa.

"¿Cuál es el color favorito de Kiara?", pregunta Brad.

"No va a conocer mi color favorito," digo yo.

"El color rosa," dice Finn.

"Si," digo yo conmocionada.

Finn me sonríe y enumera los tres cuadros rosa y obras de arte que yo admire. Es observador, le concedo eso.

"¿Y el color favorito de Finn?" pregunta Brad.

"¿El azul?" Pregunto.

"¿Cómo lo sabías?", pregunta Finn.

"Elegiste la pintura azul en la experiencia Pollock."

Brad se bebe su cerveza. "El color favorito de Chrissie es el verde, como sus ojos."

Chrissie alza su copa hacia él. "Y el tuyo es el azul también."

"Y, ¿si tuvierais que describiros en tres palabras, cuáles serían?", pregunta Brad.

"Kiara es la hostia, atenta y abierta," dice Finn.

Audrey dice, "Guau, eso es *tan* Kiara."

Tanto Audrey como Winnie le miran con un nuevo respeto.

"Reservado, observador y caballeroso," digo yo.

"Bien," dice Brad. "Yo habría dicho, irritante, distante y un trabajólico, pero esas palabras son buenas. ¿Qué es lo que odia?"

"Drama," digo yo.

"Os conocéis realmente bien," dice Brad. "¿Por qué la has estado escondiendo? Mamá se va a alegrar tanto."

Oh no. Resopla Audrey.

"Y, la pregunta más importante de todas, ¿cuáles son vuestros libros favoritos?" Pregunta Brad. "El de Chrissie es *La Insoportable Levedad del Ser*, verdad?"

"Cierto," dice ella.

Le doy un ligero puñetazo en la pierna a Audrey. No tengo ni idea.

Audrey se vuelve hacia Chrissie. "¿Cuál es el libro favorito de Brad?"

"El Viejo y el Mar," dice Chrissie y Brad asiente con la cabeza.

Winnie se vuelve hacia Brad. "En tu entrevista del *New Yorker*, hablas acerca de cómo escribes en cafeterías; ¿no te distrae eso? ¿Encuentras inspiración ahí?"

"En casa me distraigo más," dice Brad. "Cuando estoy en una cafetería, estoy ahí para escribir. Y mirar a la gente es solo extra. Sí que saco inspiración de eso."

Audrey le pregunta. "¿Tienes una cafetería favorita o las vas cambiando?"

"Las voy cambiando."

Audrey y Winnie siguen haciéndole preguntas. Sus habilidades interrogatorias de abogado son útiles.

Finn inclina la cabeza cerca de la mía. "Ey, ¿puedes enseñarme algunos de tus cuadros? Tengo que haberlos visto si es que somos amigos."

"Claro." Mi dedo planea encima de las carpetas de fotos de mi arte. "Aquí puedes ver mi última exposición."

Finn las estudia. Me gusta la manera en que parece tomarse su tiempo para absorber cada cuadro.

"Esos son buenos."

"Ey, vosotros dos, nada de hablar sobre libros favoritos ahora," dice Brad.

"Nunca hemos hablado de libros favoritos," dice Finn secamente.

"¿Nunca?" Las cejas de Brad se elevan.

"Mi autora favorita es Sophie Kinsella," digo yo.

"¿Sophie Kinsella?" Brad se queda a cuadros. "Quiero decir tu autor favorito literario."

"Sophie Kinsella," digo yo. "Es genial en comedia y tiene unos comentarios bastante sustanciales sobre la vida moderna. ¿La has leído?"

"No," dice él. "¿La has leído tú, Chrissie?"

"Sí," dice Chrissie. "Es muy graciosa."

"Es también mía," dice Audrey. "Me identifico con su protagonista en *La Reina de la Casa*."

"Tendré que leerla." Brad toma nota en su móvil. "Ahora es vuestro turno de interrogarnos."

"Ya no quiero jugar," dice Finn.

"¿Por qué no? Siempre estás haciendo esto. Te retraes de las competiciones. No es divertido," dice Brad.

"Concedemos que os conocéis mejor vosotros." Finn mueve la cabeza ante Brad.

"¿Por qué tenemos que conceder eso?" *Vamos bastante bien.* "Creo que podemos con ellos."

"Prefiero hablar contigo y tus amigas a jugar a cosas con Brad," dice Finn.

"Touché," dice Brad.

"Bueno," digo yo.

La enfermera se detiene para preguntarnos si necesitamos algo mientras coloca cuencos de pretzels y frutos secos.

"¿A qué os dedicáis vosotras?" pregunta Finn.

"Somos abogadas las dos," dice Winnie. "Trabajamos para Howard, Parker & Smith."

"Oh, yo trabajo para White & Gilman," dice Finn.

"White & Gilman?" pregunta Winnie. "¿Conoces a un tal R. Atkinson? Seguro que sí ya que tiene le mismo apellido."

"Yo soy R. Atkinson," dice Finn.

"¿Tú eres R. Atkinson?" pregunto.

"¿Tú eres R. Atkinson?" dice Audrey.

"¿No sabes que él es R. Atkinson?" pregunta Brad.

"Yo le conozco como Finn Atkinson," Digo. O como Rembrandt.

"Uso mi segundo nombre, Finn, con amigos," dice Finn, "pero mi nombre de pila es Richard. Richard es demasiado formal pero útil en el contexto de despacho jurídico."

"Creí que os habíais conocido en un contexto jurídico," dice Brad.

"Nos conocimos en un contexto jurídico," dice Finn. "Tú eres el listo de las palabras."

"Necesitamos hablar. En privado." Me pongo en pie, salgo de entre las sillas, me apresuro a bajar las escaleras y salgo afuera. Sam's está encima de una hamburguesería y el escape de aire cercano emite el olor a patatas fritas y carne frita.

Afuera hace fresco pero no demasiado frío. La calle está abarrotada de gente caminando en grupos. Al otro lado de la acera, las luces cálidas de un italiano abierto tarde por la noche son llamativas.

Finn me sigue fuera. "¿Por qué tenemos que hablar en privado? De paso, ¿sabías que yo soy el hermano de Brad Atkinson cuando me pediste ser tu pareja?"

"No." Sacudo la cabeza.

Él me mira con escepticismo.

"Ni siquiera sabía quién era Brad Atkinson." Me encojo de hombros. "Yo no he leído ese artículo del *New Yorker*. Winnie lo leyó y reconoció a tu hermano como escritor cuando fuiste a hablar con él. Yo ni siquiera sabía que su apellido o el tuyo era Atkinson."

Él asiente con la cabeza y su cara se relaja. "Tus amigas son bastante buenas jugando a interferencias con mi hermano."

Mientras estamos parados a un lado de la calle, le enseño el email en mi móvil. "Hola. Encantadora crítica de mi trabajo aquí. ¿No reconociste mi nombre como la artista?"

"Oh, mierda. ¿Ese es tu cuadro? Pero los colores son tan distintos de los otros, ese tenía marrón y negro con azul oscuro." Parece horrorizado. "Ni siquiera sé tu apellido. Y no presté atención al nombre de la artista. Solo miré el cuadro. Me gustan tus otras obras."

Tiene razón en lo de los colores.

"¿Parece vómito?", le pregunto.

"Retiro lo dicho. No quería decir eso. Lo siento. Escribiré un correo ahora mismo para decir que estaba de mal humor cuando escribí eso y me desquité con el cuadro. ¿Y los que acabo de ver? ¿Hay alguno de ellos disponible? Esos serían geniales."

"¿Estás dispuesto a comprar uno de mis otros cuadros?"

Un taxi se detiene. Una pareja se baja y entra en la hamburguesería. El taxi se aleja, sus ruedas haciendo un ruido mientras pasan por los charcos.

"Sí," dice él.

"Estos dos siguen disponibles." Le muestro fotos de los que todavía están libres.

"¿Hay alguno que quieras conservar? ¿Como el rosa?"

"No," digo.

"Entonces me quedo con el rosa."

"¿Por qué?"

"Es tu color favorito, así que me parece el que más habla de ti."

Bajo la mirada. Me ha emocionado. Una sensación de calidez se difumina dentro de mí. Pero primero tengo que acabar esta venta.

Un repartidor aparca su bicicleta en el poste cerca de nosotros. Nos desplazamos para dejarle sitio, Finn de pie más cerca de mí. La cadena pesada y el candado de la bicicleta hacen ruido.

"No tienes que retirar tu opinión acerca del cuadro. Eso era justo. Pero si quieres comprar uno de los que acabas de ver, te doy el correo de mi marchante."

"Vale." Finn escribe en su móvil. "¿Te lo mando con copia? ¿Cuál es tu dirección de correo?"

Le doy mi email y compruebo para asegurarme que he recibido el mensaje.

"¿Lo estás comprando para el despacho de abogados?", pregunto.

"No, es para mí," dice él. "Eres muy profesional."

"¿Qué?"

"Pensé que te habrías alterado más por el correo."

"Estaba alterada, pero te disculpaste. Y ya había analizado tu correo y decidido que era más bien los colores lo que no, que no te gustaba en lugar del cuadro realmente, a pesar de lo que escribiste."

"Eso es muy perspicaz por tu parte."

"El arte suscita mucho rechazo," le digo. "Así que he aprendido a separar los comentarios constructivos y pasar de lo demás."

"Eso es impresionante." Él asiente con la cabeza. "¿Volvemos dentro?"

"¿No te parece que deberíamos terminar con esto?", le pregunto. "Quiero decir ahora que tu hermano empieza a hablar de tu madre, y me parece como que quizás lo hemos llevado demasiado lejos."

El repartidor sale con una bolsa de plástico, que hace ruido cuando lo coloca en su cesto. Desbloquea su bici y se aleja.

"¿No te ha parecido bien el correo electrónico?"

"Sí. ¿Pero qué estamos haciendo?"

"Yo estaba disfrutando de tu compañía," dice.

"Eso es muy dieciochesco por tu parte."

Él ríe. "Seguramente me habría ido mejor en el siglo XVIII. Exceptuando las guerras, hambrunas y todo lo demás."

Yo río. El restaurante de enfrente apaga sus luces y baja la persiana metálica, el ruido chirriante reverberando en la noche.

"¿Por qué decidiste venir?" Él ladea la cabeza.

"No quería que tu hermano se metiera contigo sobre lo de no quedarme. Y mi estudio/apartamento está a solo unas cuantas manzanas de aquí."

"Es un buen tipo, de verdad," dice. "Si realmente quieres irte, podemos hacerlo. Pero quizás podríamos marcharnos juntos para que no parezca que me has abandonado."

"Eres bastante sensible para ser abogado." A menos que sólo le preocupe su imagen.

"Soy un abogado de sucesiones y fideicomisos. Lo que hago es muy sensible."

"Vida y muerte, es decir."

Él esboza una media sonrisa. "No bromeamos con eso."

"Lo siento."

"Solo estoy bromeando." Me toca el codo con suavidad. "Sabes, me gustaría ver el cuadro si es posible. Sé que me he comprometido a comprarlo, pero me acabo de dar cuenta que no lo he visto siquiera. Y no estoy seguro de poder justificar eso en la sociedad."

"¿Te estás desdiciendo?" Vaya, no tengo juicio. Y son los tíos tímidos y correctos los que me pillan. Pensé que podía fiarme de él. ¿No me había aprendido la lección? No te fíes de los hombres. Me doy un golpe en la cabeza con la mano. *¿Le gusta siquiera mi trabajo?*

"No me estoy arrepintiendo. Te lo prometo. Lo compro." Me mira con intensidad. "Pero si tu estudio no está lejos de aquí, debería por lo menos ver el cuadro."

"Vale."

Winnie y Audrey, poniéndose los abrigos, emergen del bar.

"Nos vamos a casa ya," dice Audrey. "Kiara, ¿tú vas a casa, verdad? Me gustaría verte al otro lado de la mesa un día, Sr. R. Atkinson. Espero que tengas tus asuntos en orden."

"Muerte por destitución," dice Winnie. "Ella hizo que alguien llorara la semana pasada."

"En realidad me sentí mal por eso," dice Audrey.

Los ojos de Finn se agrandan. Se esconde detrás de mí. "Hemos hecho las paces. Me disculpé. Diles que hemos hecho las paces antes de que me haga un litigio de muerte y me envenene." Coloca las manos en mis hombros, un destello de calor hace que me ruborice.

Rio. "Hemos hecho las paces. Le ha dicho a mi agente que comprará otro cuadro diferente. *Iridiscente* de la última exposición."

"Buena movida," dice Audrey.

"Nos vamos ahora para verlo en mi estudio," digo. "Pero muchas gracias por haber venido conmigo esta noche. "No, está bien." Las abrazo despidiéndome.

Winnie para un taxi y las dos se suben. Yo me despido con la mano en alto. Audrey me hace un gesto de que la llame por teléfono.

Me vuelvo hacia Finn. "Yo no le enseño mi estudio a cualquiera; es un poco caótico."

"Prometo portarme lo mejor posible."

Mi estómago se hunde ligeramente. Claro que se portará bien. No está intentando prolongar su rato conmigo. Claro que no.

Y es listo no mostrando interés. Sería un rebotado con mala suerte.

Y dada la fuerza aparente de sus sentimientos por su ex de hace dos años, yo sería una rebotada desafortunada hasta que encontrara a *La Verdadera*.

6

Me vuelvo para mirar a Finn. La luz de la farola ilumina su mandíbula recia, completa con vello. Me devuelve la mirada, y es como si estuviera buscando respuestas en mi rostro. Yo le devuelvo la mirada, buscando una respuesta a mi pregunta de si hay algo aquí, algo más allá de un encuentro fortuito. Y posiblemente algo para lo que no estoy muy preparada.

Quizás me tenía que haber ido a casa sola y sugerir vernos durante el día. Es casi medianoche.

"Debería decirle a mi hermano que nos vamos."

Entramos de nuevo. Brad tiene el brazo en torno a Chrissie.

"¿Qué hiciste como R. Atkinson?" pregunta Brad. "De repente la cosa se puso muy gélida,"

"Hubo un malentendido, pero está todo bien ahora," digo yo.

"Nos marchamos," dice Finn. "Espero que no os moleste."

"Para nada. Me alegro mucho de que él te haya encontrado. Parece muy relajado. Y estoy muy contento de que ya hayáis aclarado lo que fuera. Finn es un tipo bueno." Brad abraza a su hermano. "Es fiel, listo y tiene un buen corazón en alguna parte dentro de su ser."

Finn se ruboriza. "No necesito que me defiendas. Me estás abochornando."

"Tú y Charlotte hablabais de derecho demasiado, y te ponías todo tenso, como una tortuga retirándose en su caparazón." Brad hace un gesto con el cuerpo imitando una tortuga.

"Gracias, Brad. Gracias por compartir eso," dice Finn. "Pero solo para que lo sepas, Kiara, no soy el tipo descrito como una tortuga en su tercer libro."

"Eso es verdad. No es ese tío, sólo usé ese manierismo físico."

"Adiós," Finn coloca la mano en mi espalda y nos vamos, yo sosteniendo mi taza y platillo.

Giro mi llave en la cerradura de la puerta de la calle de mi bloque.

"Me temo que está en el quinto piso; tiene una luz estupenda." Yo subo corriendo los peldaños a mi apartamento en la parte de detrás del edificio en el último piso. Él me sigue detrás, a mi ritmo. Supera la prueba de condición física. Abro la puerta y me ofrezco a colgar el abrigo de Finn en los ganchos de al lado de la puerta. Me quito los tacones, siento el piso de madera gastada bajo los pies.

A un lado del pasillo de entrada está mi dormitorio y al otro lado hay un armario y el baño. El pasillo va directamente a una habitación abierta con mi estudio de arte.

"Guau," dice Finn.

Ventanas que llegan casi al techo sin persianas enmarcan la pared norte de la habitación principal. Hay luces de hadas en las ventanas, círculos luminosos que alumbran las tinieblas. Hay focos sobre mi arte. Mis cuadros y fotografías cubren ambas paredes y dos atriles están al lado de las ventanas. Una mesa grande de roble está delante de mi cocinita a la derecha con sillas a su alrededor.

Él se desplaza para examinar más de cerca uno de mis cuadros. Es uno con un collage de fotos de mí misma parcialmente cubierto con pintura. Estoy riendo en una foto con la cabeza echada hacia atrás. En otra estoy más pensativa y algo perdida con el trasfondo de un bar. Es mi única obra de arte que no vendo porque es demasiado... *yo*.

Guardo con cuidado mi disfraz de taza de té y platillo a un lado.

"Aquí está el cuadro rosa." Lo saco de mi caja de almacenaje de chapón hecho por mi en la parte trasera de la habitación.

Él mira el cuadro, acercándose para mirar una esquina, luego dando un paso hacia atrás como si absorbiera la composición completa. Su boca se curva hacia arriba.

Drew analizaba mi arte de una manera demasiado clínica, como si fuese una mercancía. Quizás lo es. Pero no para mí.

"Sí, me encanta." Se acerca más. "Estoy emocionado de poder comprarlo."

Finn mira con curiosidad por mi estudio. Hay contenedores de plástico de pintura apilados en un aparador Es color verde claro apoyado contra la pared. Seguramente es lo más contrario a un despacho de abogados que se pueda encontrar.

Siento de repente que mi estudio es muy pequeño y mi corazón late más aprisa. Está estudiando el arte con tanto cuidado, es como que está intentando descifrarlo, y a mí también. Y aunque estamos de pie en una habitación bien iluminada, la hora es tarde. También puede ser que los dos hayamos tomado algo. Él se lleva una mano a su cabello marrón ondulado. Ladea la cabeza. Su camisa está abierta y ahora parece más un apuesto tío pirata/artista.

"Te afectó mucho el rompimiento."

"¿En qué se nota?", pregunto.

"Esta serie de cuadros, especialmente si se comparan con esos de septiembre."

"¿Solo los colores?"

"No." Él sacude la cabeza. "Tus pinceladas son más pesadas también. La pintura más densa. No tienen la ligereza de las otras."

"Sí que sabes algo sobre el arte," le digo, impresionada.

"Asistí a unas clases de arte renacentista y fotografía en la Universidad."

"No puedo superarlo," digo titubeante.

La mirada de Finn se cruza con la mía. Se muerde el labio. "Quizás es que tienes que atravesarlo primero. Estoy seguro de que la pintura te está ayudando. Estás sacando fuera tus emociones y eso es algo bueno. Yo sé que cuando yo estaba estresado en los meses previos a la decisión de socios, yo jugaba mucho squash, y eso me ayudó mucho a eliminar toda mi tensión. No es lo mismo, pero quizás haya unos paralelismos." Se encoge de hombros.

"Sí que me sentí mejor después de pintar estos. Hasta que intenté pintar algo más de mi estilo normal y no pude hacerlo." El ambiente está demasiado sombrío. "¿Te gustaría tomar algo?"

Bajo unas copas de la estantería por encima del mostrador de la cocina. El sitio donde vive él seguramente es más sofisticado en comparación con mi decoración más bohemia. Pero adoro mi apartamento. Lo compré hace unos pocos meses, segura de que siempre lo podría usar como estudio. Como caen los que tienen confianza. Si no puedo crear el arte por el que se me conoce, será volver a vivir con mis padres y alquilar un espacio para trabajar en Queens. De *verdad* que no quiero eso.

Sirvo un poco de vino blanco enfriado en las copas. Él estudia otro cuadro collage en el rincón.

Se acerca a mí y le ofrezco la copa.

"Siento no haber sido de gran ayuda en ganar el Kimimoto," dice él.

Yo me encojo de hombros. "Por lo menos se lo llevó tu hermano y no Drew."

"Sigue en la familia."

"Tu familia."

"Creo que mi hermano ya nos tiene a punto de casarnos." Sonríe.

Yo sonrío con reconocimiento. Él bebe un sorbo y me estudia por encima del borde de su copa. Los dos estamos apoyados contra mi mesa en el espacio estrecho que hay entre mi cocina abierta y la mesa. Él está a centímetros de mi. El calor irradiando de su cuerpo me calienta. El aire se siente más pesado. El vino blanco sabe a hierbas, fruta de pasión, un poco cítrico y limoncillo.

Estudio mis estantes abiertos.

"¿Te gusta hornear?", pregunta.

"Sí," le digo. "Horneo cuando me atasco en un cuadro. Me deja divagar."

Él descansa su copa entre nosotros encima de la mesa y su mano roza mi brazo cuando lo hace, dejando una estela como de plumas. Yo trago.

Se gira de manera perpendicular a mí y su cadera está cerca de la mía.

"Pero mi hermano tenía razón, yo no soy de los que se van con una desconocida y no salgo de manera informal." Su mirada se encuentra con la mía y la sostiene. "¿Puedo besarte?"

"Sí, aunque no estoy segura de que sea una buena idea."

"Yo creo que es muy buena idea." Me arrima más su cuerpo, lentamente, dándome tiempo para decir que no. En lugar de eso, yo me siento segura y cálida. Le rodeo con los brazos, presionándome contra él. Su pecho es firme y sólido. Huele a aire frío y un leve olor a lavandería. Me retira el cabello de la cara ligeramente y luego traza una línea por mi mandíbula a mi cuello y mi clavícula. Su mano es muy lenta pero segura. Un poco como es él. Todo mi cuerpo hormiguea, espera, desea. Él ladea la cabeza y nos besamos. Me mordisquea levemente el labio. Sabe a cítricos y pretzels. El vello en su mandíbula me roza la mejilla levemente mientras me muevo para acercarme más a él, hundiendo las manos en su cabello que es suave como yo me había imaginado.

Él ríe de manera casi silenciosa y luego me sube a la mesa. Sus piernas musculosas están entre las mías y seguimos besándonos. Me quita la camisa de cuello de barco. Yo desabrocho su camisa y presiono el pecho contra el suyo. Menos mal que me puse uno de mis sujetadores buenos negros. Él sube y baja las manos por mi espalda y eso da mucho gusto. Me enarco como un gato hacia él, y él me da otro beso, con fuerza en los labios.

Suena mi móvil.

"No lo contestes," dice.

"Es después de medianoche. Podría ser una emergencia." Quizás le ha pasado algo a mi hermana.

Es Audrey. "Solo llamo para comprobar que estás bien. Como no le conocemos bien."

Mi mirada se detiene en una foto de mí que mi hermana me sacó en la última exposición. Estoy de pie sola, sonriendo, toda la cara iluminada, y parezco muy feliz. La coloqué por encima de mi fregadero para recordarme a mí misma que también soy feliz estando sola.

¿Qué estoy haciendo? Mi estómago se hunde y da vueltas. Es como estar al comienzo de una montaña rusa. Y no estoy preparada. Estoy mirando fijamente los raíles que van a subir y luego caer y dar la vuelta boca abajo. Mi respiración se entrecorta.

"Estoy bien. Gracias por preocuparte." Un pequeño recuadro marrón y gris desesperación, una de mis obras recientes, cuelga en la pared ante mí. "Está a punto de irse."

Cuelgo.

"¿Lo estoy?", pregunta él.

"Me acaban de descartar. No estoy segura de si debo estar haciendo esto. No soy buena en ligues. Y no es muy justo para contigo." Y seguramente necesito más tiempo para procesar que este es el R. Atkinson que me destrozó el cuadro. Lo entiendo a nivel racional. Pero emocionalmente...

Él se sale de entre mis piernas y retrocede. Agarra su camisa del suelo, sin mirarme. Yo me vuelvo a poner la camisa.

"Tienes razón." Se abrocha la camisa. "No quiero ser un ligue o un rebote." Se va hacia la puerta. Y luego se da la vuelta, mirándome de nuevo, la ceja alzada. "Tus amigas sí que son buenas como interferencia. Pero pienso que deberías darme una oportunidad. Yo estoy dispuesto a arriesgarme que no soy solo un rebote. Cuando me enteré de mi ex, Charlotte, que necesito ser más sincero y abierto con mis emociones. Pensé que ella sabía cómo me sentía, pero su comentario me demostró que no. Así que voy a ser sincero aquí."

Mi estómago está haciendo una ronda olímpica de subidas y bajadas pillado entre el deseo y el desastre. Y mi cuerpo está diciendo "¿Espera, no va a pasar nada más? ¿Qué? ¡No!"

Estoy rota.

Me muerdo el labio. Pero no estoy preparada para meterme en la cama con alguien a quien acabo de conocer.

"Está bien. Puedo ver," señala los cuadros, "que sigues necesitando tiempo. Pero no llames a la cuchara todavía. Si vas a llamar a alguien, llámame a mí." Apunta su número en mi pizarra en la parte de atrás de la puerta, agarra su abrigo y se va.

Y yo me hundo en el suelo, sin estar segura de si he cometido un error o me he librado de uno por poco.

7

AUDREY, WINNIE, Y YO estamos sentadas en un diner de color turquesa en el Barn, nuestro lugar favorito para brunch en Tribeca. El Barn tiene paredes de madera pintadas de blanco hechas de tablilla, dándole una vibra de tipo granja casera en Vermont. En la pared, al lado de nuestra mesa hay un cartel gastado que anuncia recolección de manzanas a cinco centavos la bolsa. Nos han servido nuestras bebidas calientes y acabamos de hacer nuestro pedido de comida a la camarera.

"Entonces lo que estás diciendo es que me cargué tu momento romántico. Lo siento mucho." Audrey cuelga la cabeza. "Soy tan idiota."

"No, estoy diciendo que me hiciste volver a la cordura."

"Suena como que él te estaba haciendo volver a la cordura," dice Audrey con amargura.

Winnie resopla.

"Yo le habría parado eventualmente," digo. "No iba a acostarme con él después de haberle conocido hace nada en el museo."

"¿Pero qué hay que hablar? ¿Por qué no ibas a salir otra vez con él si te gusto?", pregunta Audrey. " Puedes tomártelo despacio."

"¿Te pidió salir una segunda vez?", pregunta Winnie. "Me quedé impactada en cómo te capturó en tres palabras solo después de dos horas."

La camarera coloca nuestros platos de comida encima de la mesa. Audrey y Winnie toman huevos revueltos con tostadas, mientras que yo tomo crepes con fresas.

"Sí que quiero salir con él otra vez. Se percató de que sigo intentando superar a Drew," digo. "Me dio su número para llamarle si quiero salir en una cita con él, antes de llamar al Tío Cuchara."

"¿Estás considerando llamar al Tío Cuchara?", pregunta Winnie.

"No. Llamaría a Finn antes del Tío Cuchara." Bebo un sorbo de té. "Sigo todavía bastante dolida por Drew. Y estoy cabreada conmigo misma por haberme aferrado a él cuando sabía muy dentro de mí que la cosa no estaba funcionando. No quiero salir con el primer tío que pase."

"Pero parecía que tú y Finn tenéis chispa." Audrey unta de mantequilla y mermelada su tostada.

Winnie remueve su café. "No parece que Finn salga mucho, al menos según decía su hermano, así que probablemente tienes tiempo. Y como dato positivo, eso seguramente quiere decir que no es un ligón."

"Sí que hubo chispa. Pero no es justo para Finn que sea mi chico de rebote. Y parece un poco sensible." También tengo que recuperar mi calidad de pintura.

"No estoy segura de que crea en todo lo del 'el siguiente siempre es de rebote'" dice Audrey. "Si te lo pasaste bien, deberías salir otra y ver qué pasa."

El olor a panqueques inunda el restaurante, y de repente pienso que debí haber pedido panqueques.

"Es cierto que un rebote en baloncesto es una cosa buena; significa que consigues una oportunidad de probar de nuevo," digo. "Cuando yo era delantera, los rebotes eran mi fuerte."

"Exactamente. Deberías considerarlo como una segunda oportunidad de hacerlo bien," dice Audrey.

"Yo creo que deberías llamarle y tomártelo con lentitud," dice Winnie. "Programar citas de día."

"¿Por qué eso asegura que no vas a tontear?" pregunta Audrey con escepticismo.

Winnie ríe. "¿O sólo decirle a Audrey que le vas a ver y que ella te llame después de dos horas?"

Audrey se ruboriza. "¿Nunca voy a superar esto, verdad?"

"No," dice Winnie. "Pero sí que demostró solidaridad femenina."

"Estoy aliviada de que llamaras," digo. "La cosa iba demasiado deprisa. Espero que le parezca bien tomarse las cosas con calma. Hoy en día eso no es tan fácil."

"Es una buena manera de ver si le interesas a largo plazo," dice Winnie. "De todas formas he hablado con unos amigos que son abogados de White & Gilman, y tiene buena reputación como socio. Es mentor de asociados jóvenes y es justo en la asignación de tareas. Lo único malo es que parece que vive en la oficina, pero, por otro lado, la mayoría de los socios lo hacen. Nunca le han visto con novia."

Winnie pide un relleno de café. La mesa a nuestro lado pide la nota.

"Tampoco puedo creer que Drew esté saliendo con Angela." Me echo hacia atrás en el cojín de mi asiento. "¿Significa eso que solo salía conmigo porque estoy de moda como artista? ¿Estaba esperando ser mi marchante? Yo no me acuesto con mi marchante. Eso es una relación de negocios. Esto me molesta de verdad." Había dado vueltas en la cama anoche pensando en eso. "¿Solo me estaba usando para promocionarse? Eso no encaja con el Drew que yo conocía." *¿O es que yo era ingenua?*

"Lo dudo," dice Audrey.

El camarero rellena la taza de café para Winnie, y el olor a avellana llena el aire.

Suena mi teléfono. Es mi marchante, Jade.

"La galería de Drew ha llamado y quiere hacer una exposición contigo."

"¿Qué? ¿Por qué?"

"Quizás es una disculpa," dice ella. "No hay conflicto de intereses ahora."

"Y parece que no hay rencores tampoco," digo yo. "Mierda. No puedo enseñarle mis cosas recientes. Va a saber."

"Sí, esos cuadros tonales grises y negros con oleadas de angustia…"

"… demostrarían lo alterada que estoy, que no es lo que él quisiera. Pero tampoco quiero que vea eso." Mi pecho se tensa. Intente pintar con colores brillantes esta mañana. Parecía plástico y falso, arte perfecto para un motel. Drew me está matando.

"Ese R. Atkinson quiere comprar ese otro cuadro tuyo de tu última exposición, además de *Iridiscente*," dice Jade.

"¿Sí?"

Mis dos amigas se me quedan mirando fijamente con interrogantes en la cara.

"Finn quiere comprar otro cuadro," les cuento a ellas. Está claro que le gusta mi arte.

"¿Finn? ¿Estáis ya tuteándoos con motes?", dice Jade al teléfono. "Parece que has logrado una conquista."

Sí que había dicho *salir a conquistar*.

"Creo que se lo deberías llevar personalmente," dice Audrey.

"Si lo estás llevando al despacho de abogados, eso sería totalmente a salvo," dice Winnie.

"¿Puedo darle tu número?", pregunta Jade. "Sugirió que coordinase directamente contigo."

"Sí," digo yo.

Mi teléfono suena de nuevo. El nombre de Finn parpadea en la pantalla.

8

"Esto es incómodo." Finn hace una pausa. "Me estaba preguntando si estarías dispuesta a acompañarme a un evento de abogados mañana por la noche. Iba a ir solo, ya que tengo que asistir, es una buena oportunidad para conocer clientes. No es que se me dé muy bien el politiqueo."

"A mí eso tampoco se me da bien," digo. "No estoy segura de que me debas elegir."

Audrey sacude la cabeza y Winnie hace un *no* con la boca.

Yo debí haber contestado esta llamada fuera.

"Pero quiero ir contigo. Creo que tú lo harías divertido," dice. "Es una ocasión para conocernos mejor."

"Creí que no tenías mucho tiempo para salir como socio junior." Y yo no tengo tiempo para salir. Punto. Necesito pintar.

"No estoy logrando terminar nada porque estoy pensando en ti."

Mi cara se pone roja. Eso sí que es llamar a las cosas por su nombre. Y funciona. Mi corazón se acelera y me siento totalmente nerviosa. "Vale. Mándame la dirección. Te veo allí."

"¡Guau!" Audrey da un grito y la intento callar. Él seguramente lo ha oído.

Winnie me hace un gesto de los pulgares hacia arriba.

Es todo paneles de madera en este club privado en el centro mientras espero en la zona de la recepción. Me remeto la camisa en la falda, parte se ha salido. El traje falda chaqueta me lo ha prestado mi hermana, al igual que las medias. Tres hombres de traje oscuro acaban de pasar por mi lado. Pienso que todavía puedo oler el humo de puro de cuando se permitió por última vez dentro. Retratos de caras que no sonríen cuelgan de las paredes entre los candelabros dorados.

Seguramente no es tan atractivo como le recuerdo.

Seguramente era la cerveza, la adrenalina de escapar de Drew, el intentar fingir delante de su hermano, la búsqueda del tesoro, y volvamos a repetirlo, el alcohol, especialmente ya que no he estado comiendo mucho últimamente debido al rompimiento. Sonó como un imbécil engreído en su correo electrónico. Y es un abogado. Adoro a Audrey pero no me gustaría ser su pareja. Ella trabaja siempre.

Entra Finn. Está realmente bien de traje. Y no soy de las que me gustan los trajes.

Me saluda con un beso en la mejilla en un movimiento veloz, y eso nos remonta por encima de la manera torpe de despedirnos la otra vez.

Me toma de la mano, trenzando sus dedos con los míos. "Hora de enfrentarse a los leones." Su tacto es firme.

Yo le devuelvo el apretón de manos. "¿Tienes un número de cuantos clientes te gustaría conocer?"

Él sacude la cabeza. "No, pero hagamos eso. Una búsqueda del tesoro de clientes. ¿A cuántos crees que podríamos aspirar?"

"¿Tres?"

"Tres parece lograble," dice. "Los abogados tienen etiquetas verdes y los clientes potenciales tienen etiquetas amarillas."

Nos detenemos ante la entrada. Las paredes revestidas de madera y los retratos continúan. Hay sofás de cuero de color verde bosque y se han añadido mesas de madera oscura.

"Ese hombre está solo." Señalo con la cabeza a un hombre alto de pelo blanco con un bastón parado al lado de una mesa. "Vamos a hablar con él."

Nos acercamos y nos presentamos.

"Una artista y un abogado, interesante combinación." Sus cejas blancas pobladas suben. "¿Cómo os conocisteis?"

Le contamos la historia de la búsqueda del tesoro.

"¿Tienes testamento?", pregunta.

"No," digo yo.

"Sí," dice Finn.

"¿Y si te pillara un coche mañana? Solo porque seas joven no quiere decir que no necesitas un testamento," dice el hombre mayor.

Genial. Yo asiento con la cabeza.

"¿No le has persuadido todavía de que necesita un testamento?" le pregunta a Finn, las cejas subidas, su cuerpo inclinado hacia un lado.

"Esta es nuestra primera cita oficial," dice Finn.

"¿La has traído a Voluntades y Fideicomisos para Segundos Matrimonios, en tu primera cita?" Si fuese posible, parece aún más escéptico. "Sé que vosotros, los jóvenes abogados, tenéis que trabajar todo el tiempo hoy en día, pero incluso a mí me parece que es llevar las cosas demasiado lejos."

"Tiene razón," dice Finn. "Esto no es ni remotamente romántico."

"¿Estabas pensando en algo romántico?", pregunta el hombre mayor.

Finn tartamudea, "Yo... yo sólo quería verla."

"¿Por qué has estado de acuerdo en esto?", el hombre me pregunta.

Yo suspiro. "Yo también quería verle. Y tomármelo con calma, así que esto me parecía una ocasión segura."

"¿Qué? ¿Os vais a meter en la cama de inmediato si tenéis una cena a la luz de las velas?" Hace una mueca burlona.

Nosotros nos miramos y nos sonrojamos.

Finn se afloja la corbata. "Señor, no vamos a saltar directamente a la cama solo por haber cenado a la luz de las velas."

"Podríamos." Tomo el brazo de Finn. Le ajusto la corbata para que esté recta al menos. "Parecía mucho más seguro si estábamos acompañados por un grupo de abogados, clientes en potencia y personas más sabias cuestionando nuestra vida."

El hombre ríe. "Me gusta. No deberías dejarla."

"Lo estoy intentando," dice Finn.

"Necesitas hacer un esfuerzo mayor. Como diría mi nieto de diez años, traerla aquí *no* es una "movida de gran cerebro." Pero tomaré tu tarjeta." Mete la mano en su billetera para sacar su tarjeta de visita. "Solo para que me pongas al día con tus logros con ella."

"Gracias, supongo." Finn le entrega su tarjeta mientras el hombre le da la suya.

Después de que el hombre se aleja, Finn me mira con pena. "Lo siento. Esto ha sido una movida para salir de tontos. ¿Nos deberíamos ir? No tenemos por qué quedarnos."

"¿Está seguro?", le sonrío. "Eso ha sido un poco entretenido."

"Estoy seguro. Prefiero pasar rato contigo… no aquí."

"Pillemos algo para comer y una bebida, y luego nos podemos ir. Odio pasar de comida gratis." Ladeo la cabeza hacia la barra de bufé. Conseguimos la comida típica de barra libre de ensalada, cesar, con pasta y carne, y nos retiramos a un sofá de cuero verde.

Coloco mi plato en el regazo. "¿Entonces, hay preguntas que no se puedan hacer?"

"No. ¿Tú?"

Yo sacudo la cabeza.

Nos miramos el uno al otro, casi como pistoleros evaluando la competencia.

"Yo primero," digo. "Tu hermano estuvo bien al final. Pero parecía al principio que tenéis una relación algo forzada. ¿Qué pasa con eso?"

"¿No vamos a charlar de menudencias antes?"

"No soy una ferviente creyente en charla banal."

"Ya me he fijado." Él mueve la cabeza. "Como dije, no es realmente culpa suya. Mi última chica rompió conmigo y luego se fue con él. Y entonces me di cuenta de cuánto había hablado acerca de él cuando salíamos, siempre preguntándome qué era real y qué no en sus novelas. Y yo no me había dado cuenta de nada. Solo había pensado que tenía interés en su escritura, no en él. Y no él por encima de mí. Supongo que lo que dolía fue que de muchas maneras somos muy parecidos, solo que él es escritor y yo abogado. Quiero decir, vale, tenemos cosas diferentes muy significativas. Él es mucho menos reservado que yo."

"A mí no me pareces tan reservado."

"Parezco menos reservado contigo. Pero está claro que no estoy desnudando mi alma en libros que leen miles de personas." Sorbe su vino, su mirada topándose con la mía por encima del borde de su vaso. "Por eso creo que la construcción de identidades de Cindy Sherman es tan interesante. Mi ex quería un escritor como pareja, no un abogado, porque eso es una entrada al mundo del arte. Mientras que ya forma parte del mundo jurídico. Yo no le aporto nada."

"¿Te contó ella eso?" Pregunto. *¿Quién piensa así?*

No es que la decoración de esta habitación no me recuerda esas mansiones de Rhode Island donde la heredera de la industria del trigo se casa con el heredero de la industria del acero. Pero eso era antaño.

"Sí. Cuando la confronté sobre el hecho de que abordara a mi hermano. Mi hermano me lo contó. Estaba horrorizado. Y creo que es por eso que tiene tantas ganas de ver que encuentro a alguien nueva."

"¿Pero tú le echas la culpa a él, verdad?"

"No, para nada. Pero cuando él gasta esa broma de que yo no doy la talla en plan artístico, que es una broma de antes de Charlotte, solo me recuerda a Charlotte diciendo eso. Y sí que me molesta que siempre me esté intentando buscar a alguien. Es como que no puede aceptar que he pasado página porque no estoy saliendo con nadie más. Aunque le digo que no tendría por qué demostrarlo saliendo con alguien."

"¿No le contaste nunca que Charlotte dijo que no das la talla artísticamente?"

"No. ¿No es evidente?"

"No," digo. "Puede haber pensado que ella fue a por él mismo, no por su carrera. O su fama."

"¿Quieres salir con otro artista?" Pregunta él.

"No estoy eligiendo a mi pareja sobre la base de su profesión," digo. "¿Lo haces tú? ¿Por qué te gusto?"

"Bueno, me atraes." Sonríe. "Me siento muy a gusto contigo. Eres realmente abierta, y me impresionó que me pediste ser tu pareja. Eres una persona atenta. No querías separar a tus amigas. Te sentiste mal por el Tío Cuchara. La búsqueda del tesoro fue muy divertida."

Yo muevo la cabeza.

"Eres lista y eso es sexy," dice.

Me ruborizo. "Vale, no necesitas darme coba."

"Y creativa. Tu disfraz de taza era bastante impresionante."

"El papier-mâché no sólo es para niños pequeños," digo. "Creí que no te gustaban los artistas."

"No me gusta el drama. Pero tú eres mucho menos dramática que mi hermano. Aceptaste mi disculpa por mi horrible correo electrónico, así que eso me pareció bastante revelador, que pudieras pasar página tan rápido." Se come un bocado de pasta. "¿Por qué te gusto?"

"Eres atractivo." Me detengo igual que hizo él.

Él sonríe, sosteniéndome la mirada, esperando, sabiendo que estoy bromeando con él. Esas ascuas de atracción vuelven a despertarse.

"Sí que me pillaste con esas tres palabras, así que eres observador y perceptivo. Saliste corriendo a toda prisa para rebasar a tu hermano para que yo pudiera conseguir el Kimimoto."

Él sonríe. "Mi hermano me dijo que no sabía que yo pudiera correr tan rápido."

Los dos reímos.

Se desliza un poco más cerca de mí, manteniendo la mirada en la mía. "Reconozco que soy propenso a pensar las cosas demasiado, pero no estoy muy seguro que haya que pensar mucho sobre esto."

"¿Por qué?"

"Porque la química y la conexión están ahí." Me toma de la mano. "¿No lo sientes? No puedo estar yo solo en esto." Desvía la mirada como si de repente se sintiera vulnerable e inseguro.

Aprieto la mano en torno a la suya. "Lo siento. Y quiero salir pero tomármelo despacio. Siento como que todavía estoy procesando lo que pasó con Drew. Y me doy cuenta ahora de que no estaba funcionando, pero me siento frustrada conmigo misma por no enterarme de las cosas."

"Él se lo pierde."

Me encojo de hombros. Nos terminamos la cena. La habitación está todavía llena de gente haciendo contactos, aunque unas pocas personas se han replegado a los sofás y las mesas para comer.

"Basta ya de desnudar el alma," digo. "La compañera de piso de mi hermana actúa esta noche en un bar cerca. Está en un grupo que se llama The Tempest. ¿Quieres ir a escucharla? Son buenos."

"Vale."

Busco mi mochila del guardarropa y salimos. La noche está fría. Por delante de nosotros, alguien está fumando y el humo del cigarrillo viene hacia nosotros. Un grupo de adolescentes riendo pasan por nuestro lado, yo sugiero que tomemos el metro para ir al centro.

Un poco más allá hay una pista de baloncesto en First Avenue entre las calles Once y Doce (o pistas de West Fourth Street). Un balón solitario descansa en el borde de la pista.

"¿Quieres que hagamos unas cuantas canastas?", pregunto. "El concierto empieza a las diez, así que tenemos tiempo."

Me mira, una ceja alzada. "¿Crees que puedes conmigo?"

"Estoy dispuesta a intentarlo." Empujo la verja metálica que no está cerrada con llave para entrar en la pista. "Especialmente si tu hermano estaba sorprendido por tu velocidad de carrera."

"Ese comentario se suponía que iba a mi favor." Me mira los zapatos. "Llevas tacones. Y yo llevo zapatos de vestir."

"Llevo zapatillas en mi mochila. Rara vez llevo tacones." Me siento en un banco frío de metal y saco mis zapatillas de la mochila." Y me arrepentí de verdad cuando estábamos haciendo la búsqueda del tesoro. Solo me los puse porque me habían abandonado y pensé que tenía que vestir bien."

Yo había estado llevando zapatillas todo el día mientras hacía recados. Luego me pasé por casa de mi hermana para recoger el traje y me puse los tacones.

"Es un desafío." Finn se quita la chaqueta y la corbata. Se estira, una pierna larga encima del banco al lado de mí. Se dobla para tocarse el dedo del pie.

Yo giro la cabeza y su cara está justamente delante. Pif. Sus ojos bajan a mis labios. Hay ese escalofrío de conciencia. No voy a dejar que me distraiga. Me pongo en pie y tomo el balón. La bola está sólida. Hago un gesto fácil para calentarme. Hay una satisfacción pura en la manera en que el balón se va de mi mano, da en el borde del aro y entra en la canasta. Vaya. Todavía tengo mano para esto.

Finn me saluda y corre para agarrar el balón. Jugamos un juego de caballo, cada uno por turnos, realizando tiros desde puntos distintos de la pista con el otro teniendo que tirar desde el mismo sitio. El aire fresco de la noche es intoxicante.

"Vale, por debajo." Con ambas manos en el balón, lo balanceo desde mis piernas a la canasta. Falla. Por mucho. Finn rie. "Te estás confiando."

"Estoy segura de que no lo puedes hacer tu tampoco." Le sonrío. Él falla.

Hago un último tiro desde la línea central. Entra. Finn tira y falla. Yo gano.

Finn choca las manos conmigo. "No he jugado al baloncesto en años. No me di cuenta de que estaba jugando con una impostora."

"Te dije que jugaba al baloncesto."

"Claramente sigues jugando." Él toma su chaqueta del banco. Yo agarro mi mochila

"Ah. Veo que el gen de las palabras no se limita a tu hermano."

"Hay mucha habilidad de la palabra en el derecho." Él sonríe. "Eso fue divertido. Quiero un nuevo encuentro."

"¿Cuál es el premio?" Me pongo de pie más cerca de él, un poco incómoda, y alzo la mirada para verle.

Él baja la mirada a mí. "¿Qué debe ser?"

Mis mejillas se ponen rojas bajo su lenta lectura de mi rostro.

"El balón está en tu tejado." Me besa en la frente. "Pero la próxima vez deberíamos definir las apuestas antes. Venga. Vámonos a ver a la banda de tu amiga."

Nos acercamos al club donde tocan los de The Tempest.

El interior es oscuro y hay mucha gente, huele a cerveza y hielo seco con humo. Nos apretujamos entre la gente para llegar a la barra.

El empleado del bar me saluda por mi nombre y cada uno pedimos una bebida. No veo a ninguna de mis amistades, y mi hermana me habría mandado un mensaje de texto si fuese a venir.

"¿Conoces al camarero?" pregunta Finn.

"Soy una habitual. ¿No pasan tiempo la mayoría de los artistas en bares?", espero la reacción de él.

"¿Lo hacen? Pensé que eso era de la generación anterior. Brad sale a cafeterías y la mayoría de sus amigas escritoras parecen usar las velas como inspiración para escribir."

Sonrío. "El café parece haber sustituido al alcohol como la bebida para gente creativa de ahora. Yo soy una parroquiana a causa de Miranda." Ladeo la cabeza hacia el póster de la banda que cuelga en la pared detrás de nuestra mesa alta. "Ella es una amiga cercana. También es artista. Siempre me paso cuando ella toca. Es la mejor amiga de mi hermana y su compañera de piso."

"Kiara." Es Drew. "Pensé que podría pillarte aquí," dice él.

"También podrías llamarme." Estoy empezando a desear que hubiéramos dividido ciertos sitios donde vamos en un acuerdo de que el otro no podría ir. Yo cambiaría su lugar favorito para bagels por este bar.

"No estaba seguro de que contestarías mi llamada. Dado que ocultaste tu cara en un abrigo en el MoMA." Hace una mueca. "Quiero decir..."

Yo hago una mueca de dolor.

"Quería disculparme. Manejé mal nuestro rompimiento." Me mira a mí y a Finn. "¿Podría hablar contigo a solas?"

"Vale." Hago un movimiento para ponerme en pie, pero Finn se levanta antes.

"Voy a buscarnos otras dos cervezas," dice Finn.

Drew se escurre por el asiento que ha dejado Finn.

"Quería decir que lo siento. Me porté muy mal con el rompimiento. Lo siento." Traga. "Estuvo bien verte en el MoMA."

Su cara es tan conocida, pero mi corazón me duele cuando le miro. Me sigo sintiendo tan traicionada.

Quería que se disculpara, pero ¿por qué tiene que ser ahora, cuando estoy en medio de una cita con Finn y me lo estoy pasando bien?

"Te lo tenía que haber dicho cuando conocí a Angela."

"Sigo sin entender cómo no pudiste decírmelo. Y acepto tus disculpas, pero sinceramente, no me parece justo que aparezcas aquí en un concierto de The Tempest sin avisar. Ni siquiera has intentado llamarme." Le enseño mi móvil. "No hay llamadas perdidas de tu número."

"Jade me acaba de decir que no estabas segura de querer hacer una exposición conmigo todavía. Así que me vine aquí a toda prisa porque supuse que estarías aquí. Quería disculparme en persona. Pero me marcharé ahora. Siento haber interrumpido tu cita." Se lleva las manos al cabello, nervioso.

Yo hago un gesto con la cabeza.

Se levanta y desaparece entre la gente. Yo me quedo mirando el espacio vacío que hay enfrente de mí.

Finn vuelve y me entrega una jarra de cerveza. "¿Estás bien?"

"Creo que sí." Bebo un poco de cerveza. Sacudo la cabeza. "Quería disculparse en persona. Así que eso estuvo bien."

Finn asiente, sus ojos con mirada de preocupación.

"Quiero bailar," digo. ¿Bailas?"

"Sí," dice.

Le hago un gesto con los pulgares hacia arriba.

Anuncian a The Tempest y Miranda sube al escenario con Rex y el resto de la banda. Yo tiro de él detrás de mí mientras maniobro para acercarme más al escenario. Mis zapatillas se detienen brevemente en alcohol pegajoso.

Rex canta la primera canción, con Miranda cantando el estribillo. La gente se mece con la música.

Miranda canta, "no me mientas," como estribillo y su voz me golpea con profundidad en el plexo solar.

Y luego el último verso de la canción: "Y no dejes que me mienta a mi misma" y eso hace que sienta como si me hablara. Su voz se quiebra en el *mi misma*, y me estremezco.

El aplauso es ensordecedor.

Finn me susurra al oído. "Guau." Su aliento me roza el cuello, haciéndome sentir un estremecimiento por la columna.

Cuando los aplausos bajan, Miranda dice, "y no te mortifiques demasiado."

No debería fustigarme por el hecho de que me aferré a Drew durante más tiempo del que debiera. Quizás no era perfecto, pero estuvo bien. Ahora, a buscar algo mejor.

Miranda canta la siguiente canción, un número más marchoso. No puedo evitar bailar. Como hace Finn.

Su mirada está puesta en la mía. Su mano roza mi cintura mientras estira un brazo para sostenerme. Me alejo dando un giro. Él sonríe y me sigue. Me arrimo a él, cantando las letras. Él coloca una mano detrás de su espalda como si me cediese el paso. Yo sonrío y coloco una mano en su cintura.

Bailamos en tándem, nuestros cuerpos imitando el uno al otro. The Tempest toca una de las canciones favoritas de la gente y todo el mundo da botes, las manos en el aire. Yo doy puñetazos al cielo con los puños por encima de la cabeza. Él hace lo mismo. Ahora todo el público está balanceando los brazos de un lado al otro, Miranda guiándonos desde el escenario. Y entonces Finn me rodea la cintura con una mano y me arrima a él. Yo descanso los brazos en torno a su cuello. Estamos bailando, cadera con cadera, pecho con pecho. Mi corazón se revuela de nuevo. Su mirada descansa en mis labios. Yo me los relamo y él sonríe. Yo le devuelvo la sonrisa. La tensión en mi pecho se afloja como granos de maíz tensos explotando en un microondas para formar palomitas de maíz ligeras y algodonosas. El bajo de la batería martillea como mi corazón. Un caleidoscopio de colores gira en el techo causado por la bola de discoteca que hay en un rincón. Quiero pintar con pintura en espray. "Te he superado, Drew." Mientras sacudo mi cuerpo al ritmo, es como si estuviera flotando. Mis ojos se cierran y respiro hondo por la nariz y mis pulmones se expanden con alivio.

Finn estira una mano para tomar la mía y su agarre cálido me centra. Yo le aprieto la mano.

Acaba la actuación. La gente aplaude y grita a nuestro alrededor. Es como si estuviéramos en nuestra propia burbujita y de repente estamos de vuelta con gente.

Miranda se seca las lágrimas, reconociendo que se siente conmovida por el amor. "¡Gracias!"

"Necesito pintar," le digo a Finn.

Él parpadea y sus ojos se agrandan. "Vale." Sonríe. "Me alegro de escucharlo."

"Yo también. Lo siento porque sé que es algo abrupto, pero..."

"No, ve a pintar. No lo sientas. Nos lo estamos tomando despacio de todas formas."

"Puedo entregar los cuadros el sábado."

"¿Estás segura? Yo también puedo recogerlos.

"No, yo puedo entregarlos," le digo.

"Vale, ¿puedes llevarlos a mi apartamento? Te mandaré la dirección por texto.

"Seguro," digo yo.

Me besa con firmeza en los labios. "Hasta entonces."

9

Es jueves por la tarde. Monto un lienzo nuevo con la grapadora y lo coloco encima de mi atril. Mis pinturas están abiertas delante de mí. A veces e más fácil para mi tomar una decisión después de pintar porque confirma lo que estoy sintiendo.

El cuadro de esta mañana todavía se está secando. El amarillo cadmio, azul ultramarino y el rosa son colores que demuestran que he superado mi rompimiento con Drew. Le mando una foto a Jade del cuadro.

Había cosas de Drew que me frustraban. A Drew le molestaba mucho cuando yo estaba enfrascada en un cuadro y no quería que me molestaran. Él era mucho más social que yo, y como Mark confirmaba, lo odiaba cuando yo no podía acudir a eventos. Dado que Finn ni siquiera se había fijado en que su novia no le había contactado durante una semana, no creo que para Finn esto sea un problema.

Pero de todas formas.

Llamo a Drew. Mientras suena el teléfono, miro por mis ventanas al tejado enfrente. Se han dejado copas de vino afuera en una mesa de metal. Sigue sonando como cuando me hacía *ghosting*.

Él contesta. "Kiara."

"No estaba segura de si ibas a contestar."

"Sí, lo siento. Realmente manejé mal nuestro rompimiento."

"Sí," digo.

"Gracias por llamarme. He pensado más en cómo explicarte por qué hice lo que hice. Aunque sé que no tengo excusa. La cosa es que, sí que te quiero y tuvimos una buena relación, pero lo que sentí por Angela era realmente sobrecogedor, como que enganchamos a la primera. No sabía como decírtelo cuando justo el día antes pensaba que lo que tenía contigo era amor. ¿Cómo poder empezar a explicártelo?"

Quizás llamarle no era la mejor idea.

No. Acaba de reconocer que teníamos una buena relación. No me había equivocado por completo.

"Fui un capullo. Lo siento."

"Me quedé cegada," digo. "Pero me he dado cuenta que no éramos perfectos el uno para el otro."

"Espero que podamos ser amigos, o al menos, profesionalmente amigos. Nos vamos a ver en eventos. Sé que no manejé nuestro rompimiento de manera profesional. Así que quizás no lo merezco. Pero..."

"Yo también espero que podamos ser amigos profesionalmente. Estoy dispuesta a hacer la exposición contigo."

Y le deseo suerte con Angela. Nosotros sentimos una atracción porque amábamos el arte y hablar de arte. Tiene sentido que salga con otra artista.

"Gracias," dice Drew. "¿Así que, cómo te va con el tío nuevo? Siento haber interrumpido tu cita."

"Es pronto todavía," le digo. "Pero quizás. Él también es un obseso del trabajo."

"Angela trabaja casi tanto como tú," dice Drew, "así que voy a intentar ser mejor apoyando eso."

"Deberías."

"Espero que este tío te haga feliz." Suena sincero.

"Yo también lo espero."

Colgamos.

> Jade: *¡Eres estupenda, chica! Sabía que lo podrías hacer. Pero la galería quiere unos pocos de los cuadros de pena. Les gusta el contraste. No solo una exposición completa de eso. Así que sigue adelante.*

¡Sí! Estoy de vuelta. Puede que esté mejor que antes.

El lienzo en blanco en el atril me llama, lo blanco lleno de posibilidades.

Pinto el lienzo con blanco titanio, como las paredes de fondo del MoMA. Pero necesita rosa. Finn es muy observador. Remolinos de pintura roja y blanca se mezclan para formar el rosa. Pinto unos puntos de color rosa en el lienzo y luego un gran trazo expresivo cruzándolo. Es liberador. Tomando un pincel nuevo, pinto otro brochazo, esta vez con azul ultramarino. Mi pincel baila de adelante atrás tocando ligeramente con firmeza. Las figuras se mezclan juntas, como cuando estábamos ante mi vieja mesa de roble. Goteo un poco de pintura azul en una esquina, como la gran mancha que hizo Finn cuando estábamos haciendo el proyecto de manchas. Mientras lavo mis pinceles, decido que debería imprimir mi foto del disfraz de la taza de té, una foto de él del sitio web de su despacho de abogados y una foto del autorretrato de Rembrandt.

Pego nuestras dos fotos, solapándose en una esquina y una cuchara de plástico en otra, en ángulo, apuntando hacia la derecha como una jabalina en *Ronda Nocturna*. Mi alijo de textiles tiene una vieja corbata. Corto un trocito y lo pego al lienzo con pegamento, y resalta, lo intento hacer parecer relajado. Las corbatas simbolizan el envaramiento, así que no funciona. Lo retiro. Finn parecía algo rígido al principio, pero luego no lo era.

Necesita algo más. Parece desequilibrado. Demasiada batalla. Agrego un pegote espeso de pintura amarilla. Salpicando las pistas de la búsqueda del tesoro en el lienzo le da un aspecto de rompecabezas a solucionar. Tomo un plato de papel y lo corto por la mitad y lo pego de manera que sobresale.

No estoy segura de si he creado un revoltijo o una obra de arte. Pero mis labios se curvan mientras salpico purpurina rosa por encima del cuadro.

Es una batalla entre que no necesito un hombre, pero quizás *quiero* a este hombre.

Estoy toda por Finn.

10

Finn sugirió las diez de la mañana de un sábado. Lo cual parece una mala señal si suscribe el plan de salidas de Winnie.

Mi cuadro del collage está en mi bolso mensajero.

Él vive a la vuelta del Angelika Theatre del SoHo. Yo le habría situado en el Upper East Side. El olor a orquídeas llena la entrada. El portero me pregunta mi nombre y luego llama. Descanso los cuadros en el suelo y me seco las manos sudorosas en el pantalón.¿Y si me dice que los deje allí mismo? ¿Y si se lo ha repensado?

Entonces habría pagado para que esa empresa de mudanza lo recogiera.

El portero me pide que repita mi nombre.

"Kiara Jackowski."

"¿No Luna Hansen?" pregunta el portero.

"Ese es mi pseudónimo."

"Dice que Kiara Jackowski puede subir," dice el portero.

Recojo los cuadros y me voy hacia los ascensores. Mi estómago es como si fuese una masa de pizza que estuviera siendo lanzada aire y abofeteado en una pizzería profesional.

Mientras el ascensor sube, yo me digo a mí misma que me calme.

Las puertas del ascensor se abren y está allí esperándome al otro lado del pasillo en la entrada de su apartamento. Tiene muy buen aspecto.

Lleva una camisa blanca de vestir abierta al cuello, con las mangas arremangadas, vaqueros con un agujero y pies descalzos. Delicioso. Su cabello está todo revuelto y un poco mojado, como si acabara de ducharse.

Nuestras miradas se cruzan y se me corta el aliento. Oh no. Estoy muy enamorada.

"Ven, déjame llevarlos," dice, acercándose. Nuestras manos se tocan levemente mientras toma los cuadros.

Última oportunidad para irme. He entregado el cuadro.

"¿Te puedo ofrecer algo para beber?", pregunta.

"Sí, agua helada sería estupendo."

Él huele a champú y jabón. Yo seguramente huelo a feromonas.

Le sigo al apartamento, quitándome las zapatillas en la entrada.

Su apartamento es muy ordenado. En su salón hay una pared ocupada con una biblioteca. Hay una foto de él y su hermano de niños, rodeándose con los brazos, cada uno con un helado derritiéndose en la mano.

"Vosotros erais unos niños muy monos," digo.

"Hablé con mi hermano y lo aclaramos todo," dice. "Cenamos juntos anoche. Así que, gracias. Debí de hablar con él antes

"Me alegro tanto. Yo hablé con Drew, y vamos a intentar ser amigos profesionales."

Nos quedamos mirándonos. Bueno, parece que nos hemos quitado eso de enmedio pronto.

Él se gira y señala la pared. "Estaba pensando en colgarlos aquí, en frente de mi sillón de lectura por encima de la tele." La tele cuelga de la pared enfrente del sofá y el sillón de lectura.

"Estarían bien allí, aunque son un poco distintos a tu cromatismo." Su cromatismo es azul y gris.

Él mira a su alrededor con un poco de perplejidad. "No me daba cuenta de que hay un cromatismo aquí."

"Pero el rosa combina bien con el azul y el gris."

"Eso es lo que había pensado." Da un paso más cerca de mí. "¿Has tenido más pensamientos sobre nosotros?"

Y así, por las buenas, ya no estamos hablando de cromatismos.

"Muy demasiados pensamientos," le digo. "Pero cuenta conmigo. Me gustas, no como el abogado o como hermano de Brad, sino tú. Quiero que lo sepas. Cuando yo me di cuenta de que Drew estaba saliendo con otra artista, me preocupó que solo hubiera salido conmigo porque tengo éxito y esa era una sensación terrible. Me gustaste sin que supieras nada de eso."

Él me arrima a su cuerpo, me rodea con sus brazos y nos estamos besando de nuevo. Mis manos están en su cabello y él tiene su brazo rodeándome, me agarra con fuerza, pero una mano se ha desplazado para tomarme la cara. No puedo pensar ahora. Sólo puedo sentir. Sabe a pasta de dientes de menta. Su calor corporal está avivando un fuego recíproco en mí.

Recorro su espalda y pecho musculosos con la mano. Delicioso. Le desabrocho la camisa mientras la mano de él se desliza bajo mi jersey y me frota la espalda.

Me quito el jersey.

A la porra con las diez de la mañana.

"Rosa," dice él, refiriéndose a mi sujetador de color rosa. "El rosa puede que sea mi color favorito ahora."

Desliza el tirante de mi sujetador, dejando una estela ardiente donde sus dedos recorren mi piel calentada. "¿Es esto purpurina?"

"Sí. Parece que es imposible retirar la purpurina cuando se usa para pintar."

"¿Estabas pintando desnuda?" Sus ojos brillan. "Porque yo podría aceptar hacer eso con certeza."

"Hmm, no eres tan estrecho como pareces." Le beso en los labios deprisa. "Pero no, llevaba una camiseta sin mangas."

Me besa en el hombro donde está la purpurina.

"Esa purpurina es tan tú."

"¿Y si rompemos? No te parece peligroso comprar mis cuadros y tenerlos aquí como un recordatorio permanente?"

"No, estoy bastante seguro de esto." Se separa para mirarme. "Hice un libro para convencerte. Pero luego me entró corte cuando te vi. Te lo iba a enseñar cuando llegaras." Se sale de entre mis brazos. "Regresé al MoMA y compré *Mi Libro de Arte de la Felicidad.*" Me entrega un libro grueso de tapa dura y un álbum de fotos más pequeño. "Y luego decidí crear nuestro propio Libro del Arte de la Felicidad. Tomé fotos de los cuadros en la búsqueda del tesoro y las fotos que nos hicimos y lo metí todo en un libro, uno de esos libros de fotos que se pueden hacer en red."

Me entrega el libro y lo abro. Ahí estamos con nuestras caras graciosas de la foto Hooker. Hay una foto mía mirando el cuadro rosa con purpurina.

"No sabía que tú tomaste estas fotos."

"Sí," dice él. "Me gustaba la manera en que estabas tan pendiente del arte."

"Incluso me sacaste una foto desde detrás con tu chaqueta por encima de mi cabeza." Sonrío. Por encima de cada foto del arte hay está la pista que resolvimos.

"Por eso tardé un poco en unirme contigo en esa conversación con Drew," dice.

"Hice un cuadro para tí. Para mostrarte lo feliz que me has hecho. Porque parece que puedes leer mis cuadros. Esto es lo que he pintado esta semana. Después del sábado. No estaba segura de si iba a ensenártelo." Saco el lienzo envuelto en papel burbuja de mi bolso mensajero.

Cuidadosamente, desenvuelvo el papel burbuja y le enseño mi cuadro.

Estira una mano para tocar el plato. Lo capta.

Me mira. "No tengo palabras."

"Y eres abogado." Me seco un poco de humedad de los ojos.

"Tiene tus colores típicos. Has vuelto." Dice.

"He vuelto." Me acerco a él. "¿Por qué has sugerido que nos viéramos a las diez de la mañana?"

Retira el cabello de mi cuello. "Quería tener todo el día para persuadirte." Respira hondo. "Ya me he enamorado hasta las trancas de ti. Espero que esto signifique que somos novia y novio. Oficialmente."

"Sí." Agarro sus manos. "¿Oficialmente?"

"Sí que me gusta definir las cosas." Me besa.

Suena mi móvil.

Él da un paso hacia atrás. "¿Vas a contestar?"

"No." Lo apago y le vuelvo a besar. "¿Cómo defines esto?"

Me acerca más. "Caliente... y espero que a perpetuidad."

FIN

About the Author

Kathy Strobos es una escritora que vive en la ciudad de Nueva York con su esposo y dos hijos, entre una colección creciente de libros, juguetes y casas de muñecas. Anteriormente, trabajaba como abogada antes de cambiar de profesión para dedicarse plenamente a escribir comedias románticas y ponerse en forma. Aún sigue esforzándose para ponerse en forma.

Nacida y criada en Manhattan, le encanta escribir sobre la ciudad de Nueva York y de sus heroínas inteligentes quienes se enamoran ahí entre cuya energía vibrante y aroma de galletas con chispas de chocolate caseras. Es una autora galardonada por los siguientes libros: *A scavenger hunt for hearts, Partner pursuit, Is this for real?, Caper crush, My book boyfriend* y *Love is an art.*

REDES SOCIALES:

Instagram: https://www.instagram.com/kathystroboswriter/
Facebook: https://www.facebook.com/kathystrobosrewrites
BookBub: https://www.bookbub.com/authors/kathy-strobos
TikTok: https://www.tiktok.com/@kathystrobosauthor
YouTube: https://www.youtube.com/@kathystrobos9451